periplaneta

RENÉ SYDOW: „Deutsche Wortarbeit“ (Buch mit CD)

1. Auflage, September 2013, Periplaneta Berlin, Edition Mundwerk

Inh. Marion Alexa Müller, Postfach: 580 664, 10415 Berlin
www.periplaneta.com

Lektorat & Projektmanagement: Evelyn Marunde
Covermotiv: "brain bulb" by N_design / iStockphoto licence
Covergestaltung, Satz & Layout: Thomas Manegold
Autoren-Live-Bilder: Christian Jung (www.deraether.de)
CD-Aufnahmen, Mix & Mastering: Silbenstreif Studio Berlin (www.silbenstreif.de)
Druck & Bindung: META Systems, Wustermark, Deutschland
CD-Produktion: CDA (www.cda.de)

Gedruckt auf FSC- und PEFC-zertifiziertem Werkdruckpapier

print ISBN: 978-3-943876-67-3
epub ISBN: 978-3-943876-38-3

René Sydow

Deutsche Wortarbeit

periplaneta

1.ORTSAUFSÄSSIGER

Zeitschaltuhr

Tick, tick, tick. Die Zeit läuft mir davon. Und wenn ich es mir bis hierhin so anschaue, muss ich sagen: Ich bin sehr enttäuscht vom Leben! Ich hatte gehofft, einmal etwas Besonderes zu werden. Parapsychologe zum Beispiel, der mit großen Geistern spricht. Aber Parapsychologen sind heute nur noch damit beschäftigt, Scharlatane zu entlarven. Da stellt sich mir die Frage: Warum gibt es eigentlich keine Parapsychologen im Bundeskanzleramt?
Ich hatte gehofft, ich könnte ein Heiliger werden, der durch das Auflegen einer heißen Dampfnudel den Lahmen das Augenlicht zurückgibt und die Hungrigen auf dem Domplatz mit Maultaschen und Moppelkotze speist - bei Regen in der Stadthalle. Aber das mit dem Heiligen konnte nichts werden, denn wie sagte schon Abraham Lincoln: „Man kann ein Feld nicht düngen, in dem man nur durch den Zaun furzt."
Ich hatte gehofft, dass mein Vater mir seinen Superheldenanzug überlässt und ich in seine Fußstapfen trete und eine berühmte Comicfigur werde, aber den Anzug hat er meiner Schwester gegeben und die tourt jetzt darin herum, nennt sich Lady Gaga und ruft nicht mal an. Und dabei war ich immer der, der zuhause gesungen hat: „All we hear is Radio Gaga..."
Ach, MTV! Ich kenne dich noch, da hattest du die besten Musikvideos im Programm, da bin ich morgens um sechs aufgestanden, um ein Genesis-Video in der Wiederholung anzuschauen. Mit dir habe ich die ersten Tanzschritte verlernt und musikalische Liebesbeziehungen auf VHS aufgezeichnet.

Und jetzt gibt's dich nur noch als Bezahlfernsehen. Musiksender spielen keine Musik mehr und taucht dann doch mal ein guter Song auf, wird er von sogenannten Internet-Comedians durch den YouTube-Fleischwolf gedreht und die verdienen mit ihren Schülerstreichen eine Million Euro. Also schon wieder: Video killed the Radio Star!

Ja, man merkt, ich bin mit der Musik der Achtziger aufgewachsen. Da konnte man wenigstens noch mitsingen. Den Jugendlichen heute bleibt ja nur noch DSDS, Popstars und René, der Jamba-Maulwurf:

„Du bist so jammi, jammi, jammi/
Bist so fett, fett, fett/
Im Winter gibst du Schatten und im Sommer hältst du warm/
und nach jedem Essen kommt ein Ton aus deinem Darm."

Wir leben alle auf derselben Erde, aber in verschiedenen Welten. Zum Beispiel diese Celebritys, deren Leben sich auf Charity-Galas abspielen, sogenannte Schauspieler, die ein Drehbuch nicht mal dann aufsagen könnten, wenn Dustin Hoffmann es ihnen einzeln vorbuchstabieren würde, und viel schlimmer: It-Girls, die nur in den seltensten Fällen einen Beruf erlernt haben, die machen aber Karriere, und die machen sie im Schlaf, ganz nebenbei, also quasi im Beischlaf. Die zeigen dann beim „Perfekten Promi Dinner" ihren Schuhschrank, dessen Inhalt das Bruttosozialprodukt von Eritrea enthält. Und auf besagten Charity-Galas beißen sie alle ins Mikro und zeigen, was für gute Menschen sie sind: „Ja, ich finde auch, die brauchen auf jeden Fall gute Schulbildung, gesundes Mittagessen und genug zum Anziehen. Was, heute Abend geht es um bedrohte Wale? Ja, auch die brauchen gute Schulbildung, ist doch klar."

Und jetzt, meine Damen und Herren die Betroffenheitsrede unseres Bundespräsidentenpfarrers und anschließend der Gastauftritt von Roberto Blanco, denn bei allem Elend, ein bisschen Spaaaaß muss sein.

Und wenn dann mal eine von ihnen besoffen in einer Talkshow

auftritt sagen die Heuchler hinterher bei Frauke Ludowig: „Also nee, das hätten wir nie gedacht. Ich selbst ernähre mich ja nur von linksgedrehtem Salat und Molke. Alkohol und Drogen sind in unserer Branche wirklich kein Thema."

Aber bitte, ich möchte nichts gegen so arme Gestalten wie Jenny Elvers-Elbertzhagen[1] sagen. Die Wissenschaft hat herausgefunden, dass das Gehirn von Isaac Newton keinen Deut mehr leistet als das Gehirn von Jenny Elvers-Elbertzhagen. Seit Newton tot ist. So gesehen stellt sich natürlich die Frage, warum man das Gehirn von Newton in einem Glas Spiritus aufbewahrt und das von Jenny Elvers-Elbertzhagen in einem Schädel. Ich habe geglaubt, wir Menschen sollten dafür da sein, etwas Gutes zu hinterlassen, wenn wir einmal hier gewesen sein werden, um endlich mal Futur II in einen Satz zu packen. Ich habe das Leben mal geliebt. Aber so ist das mit der Liebe. Erst verliert man sein Herz, dann seinen Verstand und am Ende entweder sein Geld oder sein Gesicht.

Und wir stehen da und staunen das Leben an, das nur denen passiert, die in Talkshows davon erzählen können. Und ich schweige und schreibe und dieses Schreiben ist auch immer ein Kampf gegen das Verrinnen meines Zeitalters. Wir alle haben einen Deal gemacht mit den Stunden und sie werden gewinnen. Das mag unfair sein, aber das ist schon o. k., die Zeit stylt alle Wunden, es gibt keinen Mengenrabatt auf Tränen und gebrochene Herzen kann man nicht schienen.

Was jetzt? Verzweifeln? Aber nein! Die Unterhaltungsindustrie ist am Ende, das heißt: Nie war mehr Anfang als jetzt! Also los, Poeten, solange wir noch ein bisschen Zeit und Geist übrig haben, auf dem noch nicht Swatch oder Omega draufgedruckt ist! Das ist unsere Chance!

Dieses Theater sei ein Zirkus voll mit Gehirnakrobaten und Wortschlangenfrauen, mit Herzmuskelmännern und Luftiküssen! Stellt euch einen Traum vor, so groß, dass er unsere Wünsche fassen kann!

Jeder Text ist eine Selbstentzündung und wir brennen unsere Papierrosen ab.
Los, ihr Dichter! Geben wir den Leuten, was sie brauchen: Ein Schwere-Los für die Gramgebeugten, einen Anstatt-Plan für die Verlaufenen, eine Krähmaschine für die Zornigen, Klarsichthüllen für die Aus-den-Augen-Gegangenen, einen Lachsack - angefüllt mit guten Pointen, einen Segenbogen für die, die an nichts mehr glauben, Musikvideos und Superhelden für all die Erwachsenen, die sich noch getrauen, Kind zu sein, einen Julimorgen für dich, meine Liebste, eine Zeitlupe für die winzigen Augenblicke des Glücks und eine Stoppuhr für die schönsten Momente in unserem Leben. Das wäre er wirklich, der ultimative Zauber-Tick Tick Tick ...

Lavinia Wilson

Ich möchte eine Frau kennenlernen, mit den Augen von Lavinia Wilson. Und heute ist es so weit. Irgendwo in dieser Stadt. Doch bis jetzt: Fusselbart mit Kaffeebecher voller Münzen; achtzig Jahre, weiblich mit Hund an der Leine, großer Haufen senkrecht unter dem Tier; bauchfreier Babyspeck auf Gassenlaufsteg und Gebäude, Gebäude, Gebäude. Ein Kino, zwei Wohnhäuser, wieder ein Kino – Programmkino, deswegen viel kleiner, das Plakat von Casablanca – Original mit Untertiteln – „Looking at you, kid."
Auf der Suche nach einer Andeutung ihres Schrittes auf dem Pflaster: Die *Formation Asynchron* der Gesamtschule Hintertupfingen macht Jazztanz für Kinder in Afghanistan – steht auf dem Pappschild. Ein Zebrastreifenkreuzer übt die Verteidigung der Bundfalte, Aktentasche locker unter dem Arm. Anzeige: Schriftsteller sucht Wohnung für zehntausend Bücher. Sparkasse, manche Orte gibt es überall.
Tänzeln jetzt, Reste von Hundedreck, schon plattgewalzt zu hundert Mittelstreifen - Strichkot sozusagen. Denkmal eines Reichsverwesers, das Hakenkreuz wurde zuzementiert. Eine Schleife aus Metall, Kunst im öffentlichen Raum! Schüler des Bauhauses! Weltarchitektur! Und Schnörkel erbitterten Kampfes am Biedermeierhaus gegenüber.
Ich würde gerne eine Frau kennenlernen mit den Augen von Lavinia Wilson. Und heute wird es passieren. Außerdem würde ich gerne einmal David Byrne treffen – und Marius Müller-Westernhagen, aber den mitten im Gesicht.
„Und wie bleibt der Käse auf dem Fleisch?", fragt Zuckerschnute in Brokat, Kinderwagenchauffeuse antwortet: „Das ist Raclettekäse, der läuft nicht, der wird gummig." – Gummen, korrekter Gummata, sind ein Anzeichen von Syphilis, sagte Dr. Sommerfeld zu mir.
Kaffeehäuser, Kaffeetasse zum Mund, Kaffeetasse auf

Untersetzer, Finger in die Nase – Ölsuche vergeblich. Eine Wolke droht mit Regen dem Erinnerungsfotowetter. Ein Tourist streckt dem grauen Sonnenfeind die Faust entgegen, in den Fingern der anderen Hand ein Fischbrötchen, sauer wie die vierzehnjährige Zahnspange, die mehr Gepäck als Begleiter ist. Eine Tasse klirrt, weiße Hose mit Bodensee aus Kaffee darauf.
Irgendwo muss sie sein, links, rechts, oben? Unten? Unmöglich! Einkaufszentrum. Parkplatz. Ein Auto. Ein Studentenpaar packt seinen Möhrensaft ins Auto – er tut, als könne er nicht die auf dem Dach abgestellte Kiste erreichen, weil der Kofferraum offen ist. Sie lacht und wird sich bald von ihm trennen. Anderes Auto: Ein Vater macht den Kofferraum auf, Töchterchen Pubertät hilft mit kleinem Finger mit.
Windstöße, die sich aus dem Gitter der Eingangstüre pressen, blasen die Röcke der Frauen in Kniekehlenhöhe, manche schaffen sogar die Freilegung der Oberschenkel.
Wenn sie zu finden ist, dann in einem Kaufhaus. Cartier steht auf ihrer Haut als Waschanleitung. Vermutlich auf den Magazinen, da sind sie doch alle. Models, Models, aber keine schönen Menschen. Auch keine Spur von ihr.
„Heh, Sie!"
„Ich habe nichts gestohlen, ehrlich."
„Na schön, wollen wir mal glauben." – Gut, dann raus.
Da! Das ist sie! Wenigstens ihr Rücken! Es lebe der Sommer! Der Rücken frei, eine Schlaufe um den Hals hält das Oberteil - die Haare: Stufenschnitt Semiramis. Beine glatt rasiert, der Rock knapp über den Kniekehlen, feste Balletteusenbeine, Primadonna fabula! - Passantenmauern trennt sie wie einen Reißverschluss. Absätze zerhacken das Pflaster und die Arschgeigenparade von Lefzenmündern jeden Alters um sie herum fiedelt fröhlich in Gedanken: I wanna hold your hääääänd ... Zwei Jungs mit Sonnenbrillen und offenen Hemden kommen ihr entgegen, ihre Brustbehaarung goldmetallschwer. Sie grinsen. Weibliche Reaktion: Geste mit Mittelfinger. Das Grinsen der

doppelten Jugend wird zur greinenden Unmutsmiene.
Ihr Gesicht! Ich muss ihr Gesicht sehen! Nur Gesichter erteilen Anspracherecht.
Die Ampel auf der Straßenseite gegenüber schaltet auf Rot. Sie hält an, dreht sich zu mir. Ihr Profil! – Führungslicht, Aufhellung, Kante, wie auch immer sie steht, ein heller Kopf im wahrsten Sinne. Ihr Gesicht: schnelle Ranfahrt Pflicht, diese Frau ist Hollywood. Und diese Augen! Sie wartet auf Grün und ich erreiche sie.
Plötzlich: Blümchen mit zweihundert Pfund nähern sich mir: „Ich kenne Sie noch, da waren Sie ...“ - Hände, die eine Melone zu einer Kirsche zu quetschen scheinen. Eine Mauer aus sprechendem Fleisch. Grünes Licht im Augenwinkel.
Uhr: fünf Minuten später. Die Ampel ist erneut rot und grün geworden. Sie ist verschwunden, Schwenk links, Schwenk rechts, menschenvolle Leere.
Auf der Spielplatzbank das Übliche: Babyspeck spielt Doktor an Schwesterchen Goldlöckchen.
Ich möchte eine Frau kennenlernen mit den Augen von Lavinia Wilson. Und morgen wird es so weit sein.

Warum bin ich so fröhlich?

Als ich eines Morgens erwachte, fühlte ich einen furchtbaren Druck auf meiner Brust. Ich konnte kaum atmen und dachte: Na ja, wie immer, zu wenig geraucht, zu viel geschlafen. Aber nein, ich schlug meine Augen auf und sah auf meiner Brust eine kleine gelbe Ente mit einem roten Schal sitzen. Links neben ihr auf dem Bett stand ein Maulwurf, angetan mit einer Latzhose und einem gelben Bauarbeiterhelm, der allerdings ein Gewehr auf meinen Kopf richtete.

Die Ente begann, zu sprechen:

„Schönen guten Morgen, mein Name ist Alfred Jodocus Kwak und der nette Herr, der die Schrotflinte auf deinen Kopf richtet, ist mein guter Freund, Henk. Ihr Menschen habt eure Chance gehabt, wir haben in der letzten Nacht deine gesamte Rasse ausgerottet, du bist der letzte deiner Art. Hast du also stellvertretend für die gesamte ausgelöschte Menschheit noch ein Wort zu sagen?"

Ich weiß, ich hätte in diesem Augenblick einfach cool bleiben müssen, und antworten sollen: „Hey Maulwurf, jetzt pack mal die Flinte weg, du bist nur eine Comicfigur. Meinst du, du machst mir mit deiner gezeichneten Waffe Angst? Wer steht denn bei euch Schmiere? Pikachu? Und der Fluchtwagenfahrer ist vermutlich Tao Tao?" Aber dann ist mir eingefallen, dass neunzig Prozent der Jugendlichen heute zwar nicht wissen, wer Barack Obama ist, aber dafür erkennen sie sofort Ronald MacDonald und Spongebob. Und was die meisten Menschen kennen, muss ja wohl die Realität sein.

„Also, was hast du zu sagen, Menschlein?"

In diesem Moment fiel mir, obwohl ich sonst nie um eine Ausrede verlegen bin, tatsächlich nichts ein, außer um mein Leben zu winseln: „Bitte, Alfred! Das kann doch nicht dein Ernst sein, was haben wir Menschen euch denn getan?" Ich zählte gleichzeitig in meinem Kopf die jährlichen Enten süßsauer zu einem nicht unerheblichen Enten-Genozid zusammen. „Ich verspreche dir, Alfred, ich werde ab sofort Tierrechtler, gehe zu den Frutariern und werde nie wieder mein Auto mit dem Fell überfahrener Wiesel putzen."

„Du Idiot", fauchte die Ente, „es geht doch nicht nur darum, dass ihr Menschen uns Tiere schlecht behandelt. Das sind wir ja mittlerweile gewohnt. Aber ihr seid so blöd, dass ihr die einzige Spezies seid, die in der Lage ist, sich selbst auszurotten. Was ihr auch anpackt, es geht schief.

Wenn im Schweizer Parlament per Handabstimmung ausgezählt wird, kommen immer mehr Stimmen zusammen als Politiker da sitzen. Und das bei nur 46 Abgeordneten![2] Leonhard Euler und Ludwig Schläfli hätten dafür nicht mal ihren Rechenschieber aus der Tasche geholt."

Hier unterbrach ich Alfred gleich und sagte: „Ey, Moment, ich bin doch kein Schweizer, ich bin auch kein Politiker, ich hab überhaupt nichts mit Politik zu tun. Ich mache nur Witze darüber, ich mache Filme und Literatur und Kabarett ... ich bin quasi im Widerstand! Und ich habe auch gute Ideen, zum Beispiel meine Lösung für den demographischen Wandel. Neue Wohnmöglichkeiten für Rentner: Urnen!

Na gut, manchmal bin ich ein Schwein. Ich gebe zu, meine liebsten Hobbys sind Fleisch essen und Allmachtsphantasien und bei Lidl stelle ich mich immer an den Leergutautomaten, warte, bis jemand, der sehr sehr arm aussieht und ganz viele Flaschen dabei hat, alle Flaschen in den Automaten geschoben hat, und bevor er seinen Bon ausdrucken kann, drücke ich blitzschnell die Spendentaste für die Dortmunder Tafel und renne weg.

Ich habe halt Politik studiert, das war das Einzige, was ohne Abitur möglich war und dann hab ich mich als politischer Berater von Sigmar Gabriel verdingt. Sigmar Gabriel kennst du, den ästhetisch geforderten SPD-Politiker, du weißt schon, dem man immer zurufen möchte: ‚Mensch Sigmar, öfter mal einen Apfel!‘ Der hat mich mal gefragt: ‚Gibt es eigentlich einen Unterschied

zwischen Wirbelsäule und Rückgrat?' Und ich habe ihm gesagt: ‚Eigentlich nicht, aber eine Wirbelsäule hat jeder.'"
Die Augen der Ente funkelten mich an: „Aha, also noch schlimmer! Du gehörst zum deutschen Volk!"
Und ich sagte: „Nee, also erst mal entweder deutsch oder Volk, weil das Wort ‚deutsch' bedeutet etymologisch ‚zum Volke gehörig', also wäre es völliger Quatsch zu sagen, ich gehörte zum Volk des Volkes. Und außerdem will ich zu gar keinem Volk gehören, das Wort ‚Volk' kommt aus dem Mittelhochdeutschen, ist verwandt mit Pulk und bedeutet ‚bewaffneter Haufen'. Ich hingegen, ich bin einfach nur Schriftsteller!"
„Ah, Schriftsteller! Das schlimmste Pack! Ich zitiere wörtlich aus ‚Shades of Grey', Band 1, Platz 1 der Bestsellerliste:
‚Oh bitte, Christian', flehe ich, ‚O Christian', rufe ich und meine Stimme ist voll unverhohlenem Verlangen.
‚Du gehörst mir, Ana', blanke Lüsternheit flackert in seinem Blick auf, ‚Christian!', stoße ich schockiert heraus, während er sich mit einer abrupten Bewegung auf mich rollt."
Die Leser sind doch bekloppt! Das einzig Gute an dem Buch ist der abwaschbare Gummiumschlag, da kann man wenigstens die Kotze abwaschen. Heutige Schriftsteller haben keinen Gedanken, brauchen aber drei Bände, um den auszudrücken!
Jetzt ist Schluss! Wir Enten übernehmen die Weltherrschaft, ich bin der Diktator der neuen Welt."
„In Ordnung, Alfred. Dann musst du nur noch hier unterschreiben." Ich reichte ihm einen Zettel mit der amtlichen Legitimation seiner Diktatur - in Deutschland muss alles seine Richtigkeit haben - aber:
„Wie Unterschrift? Ich habe keine Daumen, wie soll ich denn den Stift halten, das ist etwas, was kann ich nicht."
„Ja. Und Grammatik!" rief ich ihm zähnefletschend zu und nutzte seine Verwirrung, um ihn und seinen fast blinden Schergen zu überwältigen. Ich fesselte sie und fand heraus, dass draußen doch noch eine Widerstandsgruppe Menschen existierte,

die gegen die Enteninvasion vorging.
Dem Maulwurf wurde ein Motorradhelm mit Klebeband am Kopf festgemacht und er wurde wieder ausgewiesen. Zuletzt wurde er gesehen, wie er versuchte mit seinem Spaten einen Deich vor dem Durchbruch zu bewahren, danach ward er nicht mehr gesehen. Und die Ente? Die wurde verknackt: zehn Jahre Wiesenhof. Ich habe die Menschheit vor einem größenwahnsinnigen Geflügel gerettet und deshalb jetzt alle: „Warum bin ich so fröhlich, so fröhlich, so fröhlich ..."

Maria-Mercedes, die einen Flur entlanggeht und darüber nachdenkt, dass etwas nicht stimmt

Aus ihren Gedanken reißt sie ein lautes Rauschen. Sie ist an Zimmer 203 vorbeigegangen. Sie lauscht an der Tür, deren Messingnummern kaum noch von den rostigen Schräubchen festgehalten werden. Ihr Ohr wird vom Dröhnen der Wellen ausgefüllt. Das Meer muss hinter dieser Tür sein, auch wenn sie genau weiß, es ist nicht möglich. Dieser Raum geht nach Norden, der Strand liegt im Süden. Dennoch meint sie, tonnenschwere Brecher hinter dieser einfachen Hotelzimmertür zu hören. Sie liebt das Meer um Kuba - und es scheint hier zu sein, im vierten Stock. Als Kind glaubte sie, dass, wenn man Liebe malen könnte, ein Bild vom Meer entstünde. Sie färbt ihre Gedanken in Pastell.

Sie sieht sich um wie ein Kind, das nicht weiß, ob seine Mutter es sucht, oder wie um sicherzugehen, dass sie niemand beobachtet. Sie versucht, die Türklinke herunterzudrücken, diese gibt leise quietschend unter dem schwachen Druck ihrer Handfläche nach. Sie hat nicht erwartet, dass die Tür abgeschlossen sei, auch wenn sie sich nicht erklären kann, wieso.

Das Rauschen erfüllt den gesamten Raum, der nicht anders aussieht als ihr eigenes Hotelzimmer. Sie sucht nach der Tür zum Bad und folgt dem Geräusch des Wellenschlages, der ihren Kopf durchstürmt. Sie klopft an die weiße Tür und erwartet eine Antwort, doch wird nur das Tosen wilder und lauter. Maria öffnet die Tür, bereitet sich darauf vor, von Gischt und Seetang niedergestreckt zu werden. Erstaunt, ganz starr bleibt sie im Rahmen stehen, als sie den glatzköpfigen Alten in seiner Badewanne liegen sieht. Er strampelt mit den Beinen. Wasser spritzt auf die Kacheln, in die Toilettenschüssel, auf sein strahlendes Gesicht und in Marias Augen. Ihre Lider brennen vom

Badesalz und während sie versucht, zu weinen, um die Pupillen zu säubern, denkt sie beständig daran, dass sie diesen Mann kennt. Es ist nicht Oscar Sanchez, an den sie kurz denken muss beim Anblick des wohlbeleibten Glatzkopfes. Es ist keiner, den sie in den letzten paar Tagen gesehen hat. Er ist neu in diesem Hotel, aber vertraut in ihrer Erinnerung. Die Wellen legen sich. Sie reibt sich noch immer die Augen und je wunder sie werden, desto schmerzhafter werden auch die Säuberungsversuche.
„Maria, meine Liebe. Ich hatte beinahe vergessen, was für ein schönes Kind du bist."
Die Sehfähigkeit langsam wiedererlangend, blickt sie blinzelnd auf diesen manchmal geliebten, meist gehassten Menschen. Sie stammelt das Wort „Vater".
„Ja, mein Kind. So überrascht, mich zu sehen?"
Sie hat ihren Vater seit zwölf Jahren nicht gesehen. Er war im Gefängnis, ein Systemgegner, Unruhestifter, Freiheitskämpfer ... keiner, am wenigsten Maria, hat erwartet, dass er je wieder freigelassen werden würde. Sie hat ihn als Kind für seinen Mut verehrt und hasste ihn dafür, dass er sie nie in seine Pläne einweihen wollte. Äußerlich gleicht er immer noch dem Mann, der er vor dem Gefängnis war. Nur ohne Kleidung.
„Was ist denn, Maria?", fragt er die Erstarrte gut gelaunt. „Freust du dich denn gar nicht, mich wiederzusehen? Ich bin überrascht, dass du mich so schnell gefunden hast. Ich sitze erst seit drei Stunden in dieser Wanne und plansche. Ich wusste, dass deine Liebe zum Meer stark genug ist, um mein lächerliches Rumoren zu hören."
Lächerlich? Das gesamte Hotel musste ihn gehört haben.
„Ich habe mir dieses Zimmer geben lassen. Der Portier sagte mir, du wohnst gegenüber."
„Ja, das ist richtig, aber seit wann bist du ..."
„Du meinst, seit wann ich raus bin? Nun, sie haben mich letztes Jahr entlassen." Während er dies verkündet, steigt er aus dem kalten Wasser.

Sie blickt voller Scham auf ihren nackten Vater, den fremden, attraktiven Körper. Schon über sechzig, sieht er kaum aus wie fünfzig. Wäre er nicht ihr Vater, hätte sie sich in ihn verliebt, nicht in Oscar Sanchez. Wenn sie es sich recht überlegt, hat sie Oscar nie wirklich geliebt.
Als er sich abtrocknet, erzählt er von seinem neuen Beruf (Autohändler) und seiner neuen Frau. Sie wundert sich über seine überschwänglichen Beschreibungen, die er von Marita, so ihr Name, abgibt. Er hatte sich doch geschworen, nie wieder zu heiraten. Er erscheint ihr fast zu glücklich.
„Hast du etwas Zeit für einen alten, revolutionären Sack wie mich oder bist du verabredet?" Sie denkt an Oscar, an sein Gesicht, seine Glatze und wie er sich für sie schämt. Ihr Vater fährt sich grienend über den nassen nackten Kopf und sieht dabei kraftvoll aus wie ein römischer Legionär.
„Ich bin nicht verabredet, nicht wirklich."
Sie setzen sich auf den Balkon, sprechen miteinander, er spricht. Er erzählt von der Zeit nach seiner Entlassung, von seiner Suche nach ihr, detailliert beschreibt er seine Liebschaften. Sie ist nicht schockiert. Seine Lebensfreude verwandelt jede Verwirrung in Staunen. Sie hat Vertrauen zu ihm, wie sie es nie hatte, zu niemandem. Sie traut sich, ihn auf Mercedes anzusprechen, ihre Mutter und die einzige Frau, von der er behauptet, sie wirklich geliebt zu haben. Nach ihrem Tod schwieg er vor allem über sie.
„Warum?"
„Es macht einen traurig, alles zu verlieren, besonders, wenn dieses Alles nur ein Mensch ist. Vielleicht war sie zu gut für einen Hund wie mich. Sie machte keinen Unterschied zwischen den Menschen, sie malte sich in ihren Gedanken alle Menschen gut. Und du bist auch so, Maria. Wahrscheinlich hatte ich deswegen so viel Angst um dich. Ich weiß, ich habe mich nie besonders um dich gekümmert. Würde es jetzt noch etwas nützen, wenn ich sagte, dass es mir leidtut?"

Sie schweigt, nickt. Sie ist sich nicht sicher, ob sie weint, aber sie fühlt, dass all das, was sie an ihm nie mochte, nicht mehr da ist, als hätte das Zimmermädchen ihr Herz aufgeräumt. Sie sprechen nicht mehr viel und wenn, dann über die Zukunft. Sie würde Oscar nicht heiraten und ihr Vater wolle sich öfter bei ihr melden. Er erklärt ihr, er habe das Zimmer nur bis zum nächsten Morgen gemietet, dass sein Flugzeug (er mache eine Europareise mit Marita) schon in zwei Stunden ginge. Er packt seine einzige Tasche, nur den Fotoapparat befreit er von seinem Lederetui.

„Vater, da ist noch etwas, eine Frage, die ich dir schon oft gestellt habe, als Kind. Aber auch die hast du mir nie beantwortet."

Er dreht sich um: „Dann frag mich einfach noch mal, Maria. Vielleicht weiß ich jetzt eine Antwort."

„Du hast mir als Kind oft Bilder gezeichnet und ich habe dich dann gefragt, ob man Liebe malen kann."

Er lächelt, meint: „Vielleicht nicht malen.", und macht ein Foto von ihr.

Schland

„'schland! 'schland! Deut! Deut!“
Während der Fußball-EM wollte ich abends nach Hause fahren, da stand ich plötzlich mit meinem Auto in einem Pulk von Fußballfans. Zuerst hab ich gedacht: Cool, die drehen hier gerade die neue Staffel von „The Walking Dead“ und ich bin mitten in den Zombies. Aber war gar nicht so. Die Leute, die um mich herum brüllten und Bier ins Auto kippten waren, zumindest nach medizinischem Gesichtspunkt, am Leben. Und man konnte an ihnen erkennen, dass der Mensch wirklich vom Affen abstammt.
Obwohl: Wissenschaftler haben herausgekriegt, dass der Mensch auch restevolutionäre Teile von Amphibien und Reptilien in sich hat. Da wurde mir einiges klar. Deutsche sind oft den Amphibien nahe, die viel saufen, um den Flüssigkeitsverlust über die Haut gering zu halten, Banker sind immer Kaltblüter und Politiker gehören zu den Kriechtieren.
Der Mensch unterscheidet sich vom Tier nur durch die Fähigkeiten seines Intellekts, na gut, sagen wir lieber Möglichkeiten. Der Franzose René Descartes meinte einst: „Ich denke, also bin ich“. Warum aber gibt es dann Philipp Rösler? Aber vielleicht irre ich mich ja auch und die sind alle viel schlauer als ich denke. Ich warte ja auf den einen Tag, an dem Angela Merkel mich überrascht und zeigt, was für ein Fuchs sie ist und im TV sagt: „Keine Sorge, meine lieben Bürger. Die Verträge mit der EU haben wir mit Zaubertinte unterschrieben. Wir ziehen uns aus dem Euro zurück, ab Montag gibt es wieder die deutsche RückenMark und an Weihnachten für alle Arbeitslosen frisches Hartzipan.“
Angela Merkel. Von den Regierungsvertretern der anderen Länder wird sie ja immer „Miss Europa“ genannt. Mir würden da ganz andere Titel einfallen: Miss Wirtschaft oder Miss Erfolg. Sie spricht immer wieder davon, dass wir alle den Gürtel enger

schnallen sollen und dass sich jeder Einzelne fragen soll: „Worauf kann ich verzichten?“ Aber ehrlich gesagt: Das bringt nichts. Wenn der Einzelne verzichtet hat er nur das weniger, was der andere mehr hat und das fördert das Einzige, was in diesem Land ohnehin ein zuverlässiges Wachstum hat: den Neid. Und ich will nicht neidisch sein. Ich gönne allen Leuten, die etwas Tolles machen, dass sie reich geworden sind, zum Beispiel gönne ich Joseph C. Gayetty[3] jeden Cent, denn er hat das Klopapier erfunden.
Doch Schluss mit Politik, runter auf die Straße, vielleicht gibt es da echte Neuigkeiten. Ah, das Ruhrgebiet! Beton von seiner schönsten Seite. Tatsächliches Gespräch zweier Frauen in einer deutschen Innenstadt:
„Übrigens, Frau Keßler, La Gomera brennt. Wohin soll man denn jetzt noch in den Urlaub fliegen, wenn überall Waldbrände sind? In Spanien, Portugal. Und in Zypern und Griechenland[4] machen sie jetzt Jagd auf Touristen und hängen sie am höchsten Mast vor den Parlamenten auf. Hab ich gehört.
Wir sind ja aus Verzweiflung letzten Sommer nach Afrika geflogen. Trostlos, sage ich Ihnen, trostlos. Da ist vierzig Prozent des Landes Wüste, vor allem Servicewüste. Versuchen Sie mal in Ouagadougou ein ordentliches Kotelett zu kriegen. Obwohl, das ist ja Absicht. Wir geben Afrika nichts zu fressen, damit die Neger den Mund nicht zu voll nehmen. Aber wer gänzlich voller Mitleid ist, der werfe ein erstes Schwein. Na ja, die müssen halt noch nachsitzen in der Weltklasse. So, ich geh jetzt nach Hause, Frau Keßler, Milchreis kochen, weil bei mir auch schon der kleine Hunger angekommen ist. Tschüßchen! Ja, wir telefonieren! Alles zu keiner Zeit!“
Doch Schluss mit dem wahren Leben. Fernseher an, Tagesshow, erster Bericht: Apple und Samsung streiten sich um 2,5 Milliarden Dollar, nur weil der eine vom anderen das Konzept für einen Computer geklaut haben soll, der aussieht wie ein Küchenbrett - drei Minuten empörte Interviews.

Zweiter Bericht: In einem Flüchtlingslager in Myanmar leben 50.000 Flüchtlinge, von denen täglich einer stirbt - eine Minute, keine Interviews. Dritter Bericht: Auch auf der Frankfurter Buchmesse scheint das Herz lediglich aus Gewohnheit zu schlagen. Berichtet wird nur noch über Biographien wie „Arnold Schwarzenegger – Leibesübungen eines Sperminators", „Jürgen Kachelmann – Recht und Geschlechtigkeit" und „Lothar Matthäus – Meine schönsten Eigentore", mit Bücherbärfigur am Lesebändchen. So schlimm ist das ja nicht. Man stelle sich mal vor, Thilo Sarrazin würde ein Fußballbuch schreiben. Wie könnte das heißen? Klar: „Der beste Rechtsaußen!"

Dann schaltet man durch die Kanäle. ARD: „Tatort Langeweile", zwei überbezahlte Dumpfbacken fressen Currywurst und lösen Fälle, die selbst TKKG mangels Interesse abgelehnt hätten. SAT1: „Die letzte Bulette". VOX: „Harald Glööckler zieht sich aus", ach nee, „zieht aus", das geht ja noch. And finally PRO7: Heidi, das Klum-Klum-Geschoss mitten ins Herz der Fotomodell-Bausatz-Welt.

Langsam wird mir klar, dass es Fernseh-„Kanal" heißt, weil da nur Scheiße durchfließt.

Manchmal stelle ich mir vor, dass ich die Sendezentralen aller Privatsender stürme und meinen Finger wie eine Pistole an meine Schläfe halte. Ich brülle dann ganz laut: „Keiner hier bewegt sich! Ich habe ein Gehirn. Und ich werde es benutzen! Hört auf mit euren herzlosen Serien und Fernsehfilmen voller falscher Empfindungen. Es gehört Wissen dazu, Gefühle zu haben. Aufhören mit dem Heuchelmord an ahnungslosen Laiendarstellern! Aufhören mit dem Nachrichtenkomplott beim „Tagesschämen"! Aufhören mit Evolutionsbeweisen dank flatternder Bierfahnen! Es ist Zeit, mal abzuschalten, aber nur das Gerät!"

Dann schreit einer von den Moderatoren, die ich mit einer Gehirnzelle bedrohe: „Nehmen Sie das Ding weg, ich will mich nicht anstecken! Ich bin Abiturient, ich habe Kunst studiert und jetzt bin ich im Fernsehen berühmt für meine Schwarz-Weiß-Malerei. Ich bin hier nur der Gagschreiber, die haben mich mit Geld überzeugt. Wer im Spaßhaus sitzt, wird halt mit Scheinen beworfen."

Und dann sehe ich es. Es ist Daniel Hartwich. Und ich sage zu ihm: „Daniel, es gibt Rettung."

Und ich gehe auf ihn zu, schnappe ihn am Kragen und sage: „Gehe zurück zum Hessischen Rundfunk, begib dich direkt dort hin, gehe nicht über RTL, ziehe keinen Deutschen Comedypreis ein!" Und dann gebe ich ihm einen Zungenkuss bis in die Speiseröhre, denn in der Bibel steh ja: „Liebet eure Feinde – am besten, bis es wehtut."

Daheim in Babylonien

Man kann nichts dagegen tun,
gegen die plötzliche Erregung
beim Anblick einer Businessfrau,
die in einen Crêpe beißt,
während um sie herum
die verklemmten Kinder der
sexuellen Revolution
ins Vererben rennen.

Die Frau, die sich aus lauter
Frustration über ihren nicht
fernsehreifen Körper in eine
Brust verwandelt hat,
rollt soeben über die Straße
und begräbt einen kleinen Jungen unter sich.
Ödipuskomplex!

Man kann nichts dagegen tun,
gegen das Gefühl, einige Frauen würden
durchs Lächeln nur hässlicher werden,
wenn sie morgens dort erwachen,
wo sonst nur deine Hand liegt.
Während du einen letzten Kaffee kochst
überlegst du, ob du sie vor die Tür setzen
oder lieber gleich töten sollst

Kinder proben Beziehung,
ein Nadelstreif leert seine Tasse
und merkt in diesem kurzen Augenblick,
gegen den man nichts tun kann,
dass der holzige Geschmack des schwarzen Tees
nie ganz vergeht.

Feinkost Käfer anno 2013

Bei „Käfer“ in der Regierungskolonie
träf Hollande auf Merkel nie,
doch stellen wir uns mal vor:
Das ganze Korps der Staaten der G8
erholt sich von der Schlacht
um Vorherrschaft und Märkte-Macht
und essen ganz banal im 180Grad-Lokal

Am Nebentisch schmiert sich Obama Rama
auf das Brot, spricht von Drama und von Not
und Monti spricht zu einem Anti-Sponti
von den Grünen - Rezzo Schlauch -
„Du Rezzo, nur als Intermezzo,
so einen Rettungsschirm
den bräucht' ich auch.“

David Cameron, der Brit-Pop-Star,
nicht der Avatar, sitzt einfach da,
kaut auf der Krabbe, denkt sich: „Tja,
kochen können die Deutschen ja.“
Und der Shinzo Abe, voll mit grünem Tee,
trifft auf dem Wege zum WC noch am Buffet
den Stephen Harper und fragt ihn: „Na,
du Kleiner, kennt dich eigentlich einer
außerhalb von Kanada?“

Und keiner sagt dem Putin, dass zu viel Blut in
seinem Land vergossen wird, das will ihm
keiner hier vorhalten, das Gleichschalten
von Medien und Politik, die schick und dick
zum Kapital sich wendet, während alles endet,
was man als Glasnost einst in die Welt gesendet.

Doch schlimmer noch das deutsche
Parlament, verpennt und angestrengt
frisst es sich voll, ganz liebestoll
vor Märktetreue, keine Reue weit und breit,
nur mal ein Rülpser und ein Furz,
doch der nur kurz und eigentlich schnurz,
hat man doch gerad' mit lauten Phrasen
Griechenland das Lichtlein ausgeblasen.

Der Tuberkel da
heißt Angela
Merkel und beißt in sein Spanferkel,
Und der Rösler, oder sagen wir ruhig Fipsi
sagt zu Cameron: "I feel a little tipsy."
Und Schäuble, der rollifahrende Großenteigner
streckt sich rauf zu Ilse Aigner
und sagt: "Illsebills, wessen Pils
steht hier noch und keiner will's?"
Kommt Roland Koch und nimmt es doch.

Westerwelle will noch auf die Schnelle
von der Leyen anschreien, weil sie
Hans-Peter Friedrich niedlich und auch
etwas kokett ein weiteres Kotelett
erst in dem Mund, dann in den Schlund
schiebt, was der Guido gar nicht liebt,
weil außer Schuld ihm nie jemand was gibt.

Wo Hackfressen Hack fressen
wird Altmaiers Peter gern vergessen.
Der grölt betrunken: „Is' schon alles alla?
Das war bestimmt Pofalla!"

Kristina Schröder schaut noch blöder
von ihrem Kinderteller auf den schneller
schlingenden Pofalla, wo aller Augen
sich festsaugen. Heil'ge Rente! Die ganze Ente,
auch der Donald, hängt aus dem Mund vom Ronald.

Leutheuser-Schnarrenberger
hat mit andren Herren Ärger,
Wowereit ist auf dem Klo und breit,
der Gauck macht nur Klamauk
und Ramsauer, der Bayernbauer,
fasst vor Sabine hier in der Kantine
in die Backwarenvitrine
und klaut ihr das Gebäck
keck vor der Nase weg.

Von der Seite stöhnt es schwer, wer
war das nur? Ach der! Der Thomas De Maiziere.
Und die Wanka liest dem Dirk Niebel
aus der Nachspeisenfibel, es ist klar
für ihn und Daniel Bahr
gibt's noch eine Mousse au chocolat.
Dann aber ab ins Bett, denn ab halb acht
sitzen sie komplett
wieder adrett
und nur ein bisschen fett
im Kabinett.

Die Not der Lüge

Ich weiß nicht, ob Sie mal im Reichstag waren, aber auf der Herrentoilette hängt ein Schild, auf dem steht: „Herzlichen Glückwunsch, Sie sind der Einzige, der im Moment weiß, was er tut." Das soll ein Witz sein, aber die wissen wirklich nicht, was sie machen sollen. Die fragen dann immer bei der Industrie und den Banken nach. Früher haben sich die Fürsten Hofnarren gehalten, heute halten sich die Banken Politiker. Der Unterschied ist: Der Hofnarr durfte die Wahrheit sagen. Wir werden ja nur noch angelogen. Hauptsache wir konsumieren. Wir müssen die Wirtschaft am Laufen halten, denn wenn wir uns das, was wir nicht brauchen, nicht mehr kaufen, können wir uns das, was wir brauchen, auch bald nicht mehr kaufen.

Und was wir alles brauchen! Flachbildfernseher, Tablet PCs und eine zugehörige App, mit der man digital Steaks grillen kann. Es gibt sogar für 3,99 Euro eine App fürs iPhone, die einem anzeigt, wo die nächste Telefonzelle ist, falls man mal telefonieren möchte. Wir brauchen das alles! Wir brauchen Energiesparlampen, die sparen zwar kaum Energie, dafür enthalten sie hochgiftiges Quecksilber. Deshalb lassen wir die auch nicht in Deutschland fertigen, sondern in China. Denn in China kostet ein Arbeiter weniger als eine Glühbirne. Dafür überholen die uns wirtschaftlich. Sagt man uns. Zugegeben, der Verbrauch von Champagner ist in China im letzten Jahr um 19,4 Prozent gestiegen, dafür leben aber immer noch mehr als drei Millionen der chinesischen Landbevölkerung in Höhlen. „AAA", sagt die Rating-Agentur. Die in den Höhlen haben keine Energiesparlampen. Aber wir brauchen das.

Wir brauchen wasserdichte Handys, damit man unter Wasser bei Facebook ein Foto von den herabhängenden Familienväterbäuchen hochladen kann. Wir brauchen das! Wir brauchen beleuchtete Klobrillen, bei denen man das Gefühl hat, man kackt einem Alien ins UFO.

Wir brauchen das alles, und Gott sei Dank ist jetzt auch alles umweltschonend. Alles ist gesünder! Brot ist koffeinfrei, der Salat ohne Fett und das Studentenfutter enthält nur noch Spuren von Nüssen.
Wir werden nur angelogen. Obwohl, das heißt ja nicht Lüge, das heißt Werbung.
Aber gelogen wurde ja schon immer. 1930, während der Weltwirtschaftskrise wurde Monopoly als Unterhaltung für Arbeitslose erfunden. In der DDR dachte man, man wäre jemand, wenn man den Gagarin-Gedächtnisorden für die planmäßige Umrundung eines Hundes bekam. Und Religion zerstört sowieso den Geist, was man an Margot Käßmann sehen kann, der amtierenden Schankwirtin[5] der Evangelischen Kirche in Deutschland. Ich darf das sagen, die Ketzer werden verbrannt, nicht die Heiden. Aber es gibt ja auch keine Alternative. Die meisten sind heute nur noch Christ, weil es im Atheismus zu wenig Feiertage gibt. Dafür sind wir zu bequem. Wenn es nicht gerade um Fußball geht, interessieren wir uns eigentlich für nichts. Und das war schon immer so: Wir, das Volk, hören nicht zu und was sich dann verbreitet, ist Halbwissen. Das Wort Hokuspokus zum Beispiel ist im Mittelalter entstanden, weil vorne in der katholischen Kirche der Priester stand, die Oblaten verteilt hat mit dem Spruch „Dies ist mein Leib“, oder auf Latein „hoc est corpus“ und in der letzten Reihe saßen die, die nicht zugehört haben. Der eine fragt „Was hat er gesagt?“ und der andere sagt: “Waas i net, irgendwas wie Hokuspokus - is ja eh egal.“ Und „is ja eh egal“ wird dann zur Meinung gemacht. Dabei sollte man besser eine Meinung haben als eine zu machen, sonst ist man hinterher der Dumme. Und ganz ehrlich, wenn einer hinterher der Dumme ist, war er es bestimmt auch schon vorher.
Wir interessieren uns nicht, wir engagieren uns auch für nichts mehr. Engagement ist ein Saisonprodukt. Wir gehen doch nur zu Demonstrationen, weil man hinterher am Würstchenstand ein Occupy-T-Shirt [6] kaufen kann und seinen Kumpels

dann erzählt, wie herrlich politisch engagiert man ist. Im Oktober 2011 waren 40.000 Menschen in ganz Deutschland auf der Straße, um gegen die Banken zu demonstrieren. Im Oktober 2012 waren es noch sechzehn, nicht -tausend, sechzehn Menschen!

An einer Berliner Hausmauer habe ich das Graffiti gelesen: „2011 – ein Jahr für Mutige". Dieses leere Versprechen wurde im Jahr darauf schon wieder weggewaschen. 2013 ist es wieder touristisch schön in Berlin. Arbeitslose Studenten stehen am Brandenburger Tor als Berliner Originale verkleidet, als Berliner Bär, Hauptmann von Köpenick oder Darth Vader. Finde den Fehler! Da muss es doch noch mehr im Leben geben als ein Carport, das nur mir gehört. Deutschland ist kein Secondhand-Shop für Einarmige. Deutschland ist ein Iglu und ich bin darin eingeschlossen wie einst der Arktisforscher Peter Freuchen in Grönland. Meine Wortvorräte gehen zur Neige aber ich warte in meiner kalten Behausung das Ende des politischen Feuersturmes im Wasserglas ab. Ich höre draußen die Wölfe heulen und dann, noch lauter, die, die *mit* den Wölfen heulen. Aus Angst sie könnten mich angreifen, trete ich ab und zu hinaus in den Orkan und singe so ohrenzerreißend ich kann. Doch meist ist der Wind so laut, dass ich meine eigene Stimme nicht hören kann.

Ich sitze in einem Iglu, das Deutschland heißt und ich bemerke, wie die Wände immer näher kommen, weil mein Atem an den Wänden der Schneehütte festfriert, bis ich keinen Platz mehr habe. Ich hauche mir einen Sarg aus Eis.

Sagt einer: „Benutzen Sie doch mal Ihren gesunden Menschenverstand, Sie machen doch Kunst ..." Hier muss ich sofort intervenieren. Gesunder Menschenverstand und Kunst in einem Satz funktionieren nicht! Gesunder Menschenverstand ist hinderlich für jede Art von Kunst! Sie entsteht aus einer Unordnung des Verstandes heraus, oder vielmehr aus einer Unordnung des Herzens. Kunst interessiert sich für das Schiefe am Menschen, für die Ortung der Berührungspunkte in unseren Köpfen.

Kunst ist Notwehr! Und vielleicht gelingt es uns Künstlern noch, uns hochzubequemen, trotz Haarausfall, Bauchansatz und anderen Luxusproblemen.
Ja, ich bin zornig, ich bleibe ein Renegat, liegt bei mir ja schon im Namen. Ja, ich bin zornig und ich rege mich noch auf! Und ich sage das auch. Ich kann nicht mehr. Aber auch nicht weniger.

Selbst ist die Erfindung

Mein Therapeut meint, ich mache mir zu viel Sorgen. Er meint, er versuche, mich wieder ins Gleichgewicht zu bringen. Dabei weiß er doch so gut wie ich, dass Menschen nicht für Gleichgewicht vorgesehen sind. Nur durch kleinteiligste Gegenbewegungen unserer Muskulatur bleiben wir stehen und rotieren um einen imaginären Gleichgewichtspunkt. Würden diese Muskelkontraktionen nicht stattfinden, fielen wir in Richtung Nase. Man stelle sich das mal vor: eine strammstehende Armee, die plötzlich synchron auf die Fresse fällt.
Ich mache mir zu viele Sorgen. Mein Therapeut fragt: „Haben Sie Kinder?“ Ich sage: „Ich weiß nicht, das macht alles meine Frau.“ Mein Therapeut fragt: „Haben Sie Hobbys?“ Ich sage: „Ich sammele schöne deutsche Wörter wie Tristanakkord, Fototapete, Stockholmsyndrom und Zukurzgekommene.“ „Sehen Sie“, sagt mein Therapeut, „wieder so was Negatives!“ Aber dabei tue ich doch alles, um zufriedener zu werden. Ich arbeite an mir, ich suche mir jetzt einen Job. Zeitung auf, Griechenland: Akropolis sucht Dachträger. Nicht sehr flexible Stellung, dafür tragende Position und langfristige Anstellung. Da tue ich doch etwas für die EU, sozusagen Wiederblutmachung für die erlittene Schmach der Demokratie-Erfinder. Oder warum werde ich nicht Bundespräsident? „Immer langsam“, sagt mein Therapeut, „kleine Schritte!“ Die meisten Leute machen aber kleine Schritte, wenn sie die Hosen voll haben.
Aber mal im Ernst, wenn Griechenland am Ende doch zusammenbricht, bleiben uns Platon, Aristoteles, die Ilias und Bifteki. Das ist doch mal was! Was ist von der DDR übriggeblieben? Ein Rechtsabbiegeschild und ein Ampelmännchen.
Ich mache mir zu viele Sorgen darüber, dass es in der Welt alles nur noch „to go“ gibt. Kaffee, Suppe, Mittagessen, Musik, auf dem Schulhof fragt Kevin heute nicht mehr: „Willst du mit mir gehen?“, sondern: „Wie wäre es mit einer Liebe to go?“

Ich persönlich kenne nur Schuhe to go.
Mein Therapeut sagt: „Machen Sie doch mal ein Selbstfindungsseminar!" Kommt auf meine Liste der schönsten deutschen Wörter. Wo soll ich mich selbst finden, wenn ich verloren gegangen bin und vor allem: Wann bin ich verloren gegangen, ohne dass ich es gemerkt habe?
Ich hab genug von Selbstfindung, Eso-Kram und falschen Gefühlen. „Wir haben gerade so richtig Indian Summer, das muss man doch mit allen Sinnen genießen!" Die Indians, politisch korrekter die indigene Bevölkerung Amerikas, haben wir feinen, hochkultivierten Europäer aber ab 1492 mit der Landung des ersten Erlebnis-Segelschiffes konsequent ausgerottet. Sie haben uns in Empfang genommen, uns Kartoffeln, Gewürze und Tabak gereicht. Was haben wir, die Schöpfungsavantgarde, ihnen mitgebracht? Pocken, Masern, Grippe und Krieg - verheerende Zivilisationskrankheiten, von denen die Friedenspfeife kiffenden Frohnaturen mit Naturgöttern nichts wussten. Ach ja, Religion haben wir ihnen auch mitgebracht. Kurz darauf waren die Indianer verschwunden, den Indian Summer haben wir romantisiert und nun sitzen wir als Satellitenstadtapachen hinter der Lärmschutzmauer im dreizehnstöckigen Reservat und sagen: „Das müssen wir doch mit allen Sinnen genießen."
Mein Therapeut sagt, ich sei ein Defätist, ich sehe alles negativ, hasse die Menschen und mache mir dadurch Feinde. Aber Feindschaft kann auch eine Möglichkeit von Liebe sein. Ich liebe die Menschen, deshalb mache ich mir ja so viele Sorgen. Ich mache mir Sorgen darüber, dass es früher Aktion Sorgenkind hieß und heute Aktion Mensch. Heißt das, heute ist der Mensch das Sorgenkind? Billiger Witz, ich weiß, aber trotzdem nimmt ihn keiner mit aufs Zimmer. Ich arbeite hart, ich mache nichts aus dem Bauch heraus, sonst riecht es ja nach Furz.
Ich liebe die Menschen. Ich mag auch das Land, in dem ich leben darf. Wir haben Glück gehabt, trotz aller Vor- und Nach-Urteile haben wir hier eine halbwegs funktionierende Demokratur.

Auch wenn ich immer noch einiges nicht verstehe, zum Beispiel warum wir irgendwann das Sauerland an Liechtenstein verkaufen müssen, um Autokonzerne[7] und Verspekulanten zu retten? Wann ist Bundestag und was gibt es da zu feiern? Und natürlich das immerwährende Rätsel, das sich mir entgegenstellt, wenn ich vor dem Reichstagsgebäude stehe: Auf dem Architrav des Westportals steht „Dem deutschen Volke". Lesen die Leute, die in dem Gebäude arbeiten, eigentlich auch diesen Satz? Mittlerweile weiß ich die Antwort. Die Bundestagsabgeordneten betreten das Gebäude immer über den Südeingang. Der Eingang am Westportal ist der Zugang für Behinderte.

Mein Therapeut meint, Deutschland sei prima. „Ist es auch", sage ich. Wir haben eine Zeitschrift für berufstätige Mütter und Väter, die heißt „Lob"! Wir haben Sendungen im Fernsehen wie „Schwiegertochter gesucht", in denen Sätze fallen wie „Im wundervollen Westerwald drückt dem kreativen Kratzbildfan die Blase." Wir haben die anerkannt schlechtesten Schauspieler Europas, selbstverliebt bis über beide Ohren und von Lokusblattjournalisten zu Playern geschrieben. „Ich hab an der Ernst Busch studiert, wo der Ernst des Lebens so lange auf meinen Busch geklopft hat, bis er ganz hohl klang, damit sie mich jetzt füllen können. Ich bin ein Gefäß. Ich kann alles erfüllen und alles erfühlen, ich habe statt eines Gehirns einen Faden im Kopf, wenn man den durchschneidet, fallen die Ohren ab."

Mein Therapeut meint, ich habe Angst und ich rutsche auf dieser Angst aus wie auf einem See im Dezember. Ich sage: "Ja, ich habe Angst vor Wahnsinnigen wie Ahmadinedschad. Er ist der beste Beweis dafür, dass der islamische Kalender noch im Mittelalter steckt. Er sitzt in seinem Palast im Sand, reißt Auschwitze, reicht dem rechten Gesindel um Holocaustleugner Fredrick Töben die Hand und seine Untertanen verhungern oder werden hingerichtet, wenn sie nicht den Hut auf der Stange grüßen.

Weiter im Osten wenig Hoffnung:

Wenn ihr denkt, nach Kim Jong Il /
kommt in Korea nicht mehr viel! /
Ja, wenn ihr denkt, das Leid ist um/
dann kommt Kim Jong Un.

In Syrien durfte jetzt zum ersten Mal das Volk über Gesetze abstimmen, welche die Diktatur legitimieren. Henkerswahlzeit im Wohngefängnis.

Ich habe Angst, dass mir eines Tages nichts mehr einfallen könnte. Dann stehe ich vor ein paar schmalen Bänden. Gestammelte Werke. Und dann denke ich wieder: Mir geht es doch gut. Ich brauche nicht viel, kein Dom-Rep-Domizil und keine goldene Hüpfburg mit Chill-out-Bereich. Wenn ich es mir genau überlege, brauche ich nicht einmal einen Besuch beim Therapeuten. Mir reicht eine warme Schädeldecke, um mich einzumummeln, ein Spaziergang durchs Lachland und vielleicht sogar ein Selbsterfindungsseminar. Dafür würde ich sogar Geld bezahlen.“

Das Medium und das Geld

Helga Trautmann ist Übersetzerin. Sie steht im Dienst des Europaparlamentes. Ihre Aufgabe ist es, die Emotionen verhandelnder Staatsdiener außer Acht zu lassen und deren Aussagen auf die Quintessenz zu reduzieren. Unbedacht gewählte Formulierungen rückt sie vorsichtig zurecht und hält mit ruhiger Stimme die Gemüter im Zaum.

Geld schreibt Geschichte. Helga war maßgeblich an den Verhandlungen zur Währungsreform beteiligt. Der Euro, damals noch der Ecu, sollte Europas Staaten näherbringen. Helga arbeitete am Zusammenwachsen Europas, an der Einheit europäischer Geschichte. Während die Länder näher zueinander rückten, entfernte sich ihr Ehemann Frank von ihr. Er hatte die kurzen Telefonate schnell satt. Telefonieren ist kein Ersatz für den Geruch eines Menschen, für die kurzen Berührungen zwischen zwei Sätzen. Helga kam in der Regel nur am Wochenende nach Hause. Mit Geld ist eine Fernbeziehung kein Problem. In den Tagen stundenlanger Verhandlungen schlief Helga auch am Wochenende immer öfter in ihrer Pension in Brüssel und fuhr nicht mehr nach Neuss. Auf lange Sicht ist Zeit ein höheres Gut als Geld.

Helga ist mittlerweile allein. Es gab keine Kinder, wegen denen die Beziehung zwanghaft zusammengehalten werden musste. Frank wohnt immer noch in Neuss, Helga hat eine Wohnung in Brüssel gekauft. Noch immer übersetzt sie die Vorschläge der Antrittsstaaten, die den Euro in ihrem Land einführen wollen. Ihrer guten Reputation wegen beschränkt sich Helgas Betätigungsfeld nicht mehr nur auf Finanzen. Ihre Dienste werden immer häufiger in den Belangen globaler Beziehungen gebraucht. Sie sitzt am Tisch, wenn über Militäreinsätze im Mittleren Osten und über finanzielle Zuwendungen für Afrika gesprochen wird.

Was ist ein Medium? Medius = „in der Mitte befindlich“. Helga

möchte als Mittlerin zwischen erster und Dritter Welt handeln. Die Delegierten debattieren über Entwicklungshilfe in Milliardenhöhe. Geld schreibt sich in die Landschaften ein. Helga würde gerne ihre Vorschläge in die Verhandlungen einbringen. Sie hätte Ideen für Projekte, Schulen, Krankenstationen. Sie hat Freunde in Südafrika, Nigeria und im Kongo. Übersetzer, Lehrer und Ärzte, deren Erfahrung vor Ort reicher ist als die Vermutungen und in Zahlen ausgedrückten Fakten, welche die Delegierten vorbringen können. Doch Helga ist gebunden an die Sätze anderer. Ihre Meinung in der Übersetzerkabine ist nicht gefragt. Der Vertreter Frankreichs erklärt, in dreißig Jahren, nach der Klimakatastrophe, würde Afrika unbewohnbar sein, da sich die Durchschnittstemperaturen dramatisch nach oben drücken würden. Warum also noch dort investieren? Diese Feststellung wird von ihm ohne Mitleid gemacht. Ohne Gedanken an die Bevölkerung. Er interessiert sich nicht für die Probleme der Südhalbkugel. Seinen Mitdiskutanten geht es ähnlich. Niemand interessiert sich für Afrika. Aber es steht auf der Agenda, so wird es eben verhandelt, wie auch der Haushalt des kommenden Jahres und die Neuigkeiten in der Kantine. Helga ist die Einzige, die sich für das Thema interessiert. Sie würde ihr Amt niederlegen, wenn sie zu sich stehen könnte, wie es Menschen im Kino tun. Oder in der Geschichte. Menschen, die aufgestanden waren und sich furchtlos gegen etwas stellten. Doch Helga braucht das Geld. Wovon soll sie sonst die Wohnung zahlen? Das Auto? Für sie gibt es keine Alternative.
Geld könnte Geschichte schreiben. Wie durch den kleinen Übersetzungsfehler, den Helga an diesem Donnerstag bei der Afrika-Konferenz macht. Aus der Frage des deutschen Abgeordneten, ob die Entwicklungsgelder für Staudämme in Nigeria verdoppelt werden sollten, macht sie dem französischen Delegierten gegenüber eine Empfehlung. Und eine Empfehlung des deutschen Vorsitzenden wird ernst genommen. Einen Augenblick überlegt der Franzose. Er gibt keine Antwort, sondern

stimmt dem Vorschlag seines deutschen Amtskollegen zu. Dieser erkennt das Missverständnis. Entgegen seiner Möglichkeit, aus dieser Missdeutung einen neuen Gedanken entstehen zu lassen, weist er nur auf den Übersetzungsfehler hin. Helga kann die Situation nicht mehr retten. Sie muss ihren Schnitzer eingestehen, der tausenden Nigerianern eine neue Perspektive geboten hätte.

Helga hat ein halbes Jahr Zeit. So lange dauert die Disziplinaruntersuchung in ihrem Fall. Ihr werden Fragen gestellt. Angesichts der Angst, ihre Arbeit zu verlieren, schiebt sie ihren Übersetzungsfehler auf eine momentane Unachtsamkeit, eine fehlende Vokabel, die sie im Augenblick der Übersetzung gegen eine andere vertauschte. Helga könnte sich vor dem Gremium für ihren vermeintlichen Fehler einsetzen. Sie könnte Partei ergreifen für das Projekt in Nigeria. Sie könnte die unleugbaren Fakten ihrer Mittelsmänner aus Afrika vorbringen. Doch würde dies nur noch mehr ihren Job gefährden. An Pathos wie im Kino, welches dem Film noch einmal eine glückliche Wendung verschafft, glaubt sie nicht. Sie schweigt. Bei drohendem Geldverlust spielen Ideale keine Rolle mehr.

Helga behält ihre Arbeit. Zumindest ein paar Jahre. Als aus Sparmaßnahmen die Mitarbeiterschaft des Europaparlamentes verschlankt wird, wie sie es ausdrücken, ist Helga eine der Ersten, die in Frührente geschickt werden. Geld schreibt Gesellschaft.

Helga lebt wieder bei ihren Eltern am Niederrhein. Sie fertigt Übersetzungen für Sprachschulen an und korrigiert Arbeiten afrikanischer Einwanderer. Das Geld reicht zum Leben.

Facebook

„WIE GEHT ES DIR, RENÉ?“, fragt Facebook. Schlecht geht es mir! Schlecht! Und du fragst mich auch nur, weil es höflich ist, weil es politisch korrekt ist, mich das zu fragen. In Wirklichkeit interessiert dich überhaupt nicht, wie es mir geht, sondern nur, an wen du meine Userdaten weiterschicken kannst, damit mir schon wieder auf mich passend zugeschnittene Werbeanzeigen gemailt werden: „Kunden, die dieses Buch kauften, kauften auch getragene Höschen.“, „Stimmen Sie jetzt ab! Til Schweiger oder Matthias Schweighöfer, wer ist der größere Star! Glanzvergleich! Bewerten Sie die Qualitätärätätät des deutschen Films!“ Obwohl die Vorsilbe „Schweig-“ in beider Namen ja darauf hindeutet, dass es sich möglicherweise um ein und dieselbe Person in verschiedenen Masken handelt, die da die Leinwand verunsichert. Wenn dem so ist, dann fände ich nämliche Vorsilbe, bezogen auf beide Inkarnationen desselben Filmgesichtes als Imperativ und mit einem großen Ausrufezeichen versehen übrigens ganz wunderbar. Und zwar: in alle Ewigkeit!
Mir wurde ja geraten, ich soll nicht dauernd was gegen unsere Filmstars sagen. Ich habe auch gar nichts gegen sie. Zumindest nichts, das man als Waffe gebrauchen könnte. Ich gebe zu, in Deutschland gibt es viel Talent, aus dem man einiges machen könnte. Kleinholz zum Beispiel. Die sind mir einfach alle zu Mutung! Und wenn ich frage, warum zum Beispiel deutsche Serien nicht so intelligent geschrieben sind wie amerikanische, sagt ein Redakteur zu mir: „Na ja, man tut, was man kann.“ Stimmt nicht! Tagein, tagaus sehe ich im TV Leute, die genau das tun, was sie nicht können: schauspielen, singen, moderieren. Der Geist ist billig und das Fleisch bleibt schwach. Das ganze Unterhaltungsprogramm eine einzige Heidi Volksverklummung. Seit zehn Jahren sind die Privaten ein fleischverarbeitender Betrieb, der Castingleichen für das Arbeitsverarmt durchkuttert. Warum kann ich das nicht einfach goutieren? Warum kann ich

nicht einfach wie Dieter Bohlen alt und Sau werden und mir einfach „Germany's Next Toptitten" anschauen, und wenn mir die jungen Hühner beim Saulaufen zu alt werden, dann mache ich einfach „The Voice – Kids". Schluss damit! Auf zum letzten Gemächt! Die Stand-up-Comedians sollen sich endlich auf die stille Treppe setzen! Auf Oliver würde ich gern mal einpochern, damit er endlich den Spaß wachsen hört. Haltet den Schuft an! Es werde Nicht!

„ALLES KLAR, RENÉ?", fragt Facebook. Nein, gar nichts ist klar!

Ich weiß nämlich heutzutage gar nicht mehr, was man sagen und tun darf, um nicht politisch unkorrekt zu sein. Ich war Nichtraucher, bis mir die „Rauchen verboten"-Schilder auf die Nerven gingen. Vielleicht benutze ich in Zukunft auch Wörter, die ich sonst meide, wie Behinderter, Zigeuner und Neger, weil es mir auf die Nerven geht, dass man diese Wörter aus siebzig Jahre alten Kinderbüchern streicht,[8] weil man in Deutschland lieber Begrifflichkeiten ändert, anstatt der sozialen Wirklichkeit. Dem geistig zurückgebliebenen Neonazi - oh, politisch unkorrekt - dem gedanklich anders begabten Neonazi ist es scheißegal, wie der Mensch mit dunklerer Hautfarbe genannt wird, dem er auf die Fresse haut, weil man mit einem Brett vorm Kopf sprachlich ohnehin eher minderbemittelt ist, vor allem, wenn das Brett aus deutscher Eiche ist.

Anstatt also Wörter aus „Pippi Langstrumpf" zu streichen, sollten wir uns lieber mit unserem Radiergummi den Rechten zuwenden, damit sie ihre Segel und wir sie endlich aus der Geschichte streichen. Natürlich gingen statt eines Radiergummis auch Wasserfolter, Daumenschrauben, und wenn gar nichts anderes hilft, auch Kanonsingen. Dann werden die schon aufgeben! Bitte verstehen Sie mich richtig! Das Wort Neger ist in zeitgenössischen Texten, auch in diesem, nicht mehr akzeptabel, aber Sprache hat sich immer von selbst verändert, auch ohne das Eingreifen von Wächtern der politischen Korrektur,

denn nicht die Wörter sind verletzend, sondern die Gedanken dahinter.
„WIE FÜHLST DU DICH, RENÉ?", fragt Facebook.
Verschaukelt fühle ich mich, Facebook, verschaukelt!
Da bestimmen Politiker ein Betreuungsgeld,[9] welches schon bei der Einführung in Finnland (1985) und Norwegen (1996) dazu geführt hat, dass bedeutend weniger Frauen in ein Arbeitsverhältnis eingetreten sind (also quasi die Rücknahme der Emanzipation über die Hintertür der Kindererziehung) und sogenannte bildungsferne Familien ihre Kinder nun weder in eine pädagogische, noch in eine kulturelle Einrichtung schickten. Die Skandinavier haben gelernt, nur weil man Eltern dafür bezahlt, kümmern sie sich nicht mehr um ihre Kinder, wenn sie es vorher auch schon nicht getan haben. Und für die Kultur kriegen die Kinder eine Bildungs-Chipkarte[10] mit zehn Euro, mit denen man sich bei der Musikschule maximal eine rostige Klavierseite zum Aufhängen kaufen kann.
Und unsere Jugendliche, die auf der Straße oder vor dem Computer hocken und nicht wissen, was sie mit dem bisschen Zukunft anfangen sollen, das ihnen da durch die Finger rinnt, „verharren in Gelegenheitsstrukturen", wie es die Sozialpsychologen nennen. Zu deutsch: Die wissen nicht wohin, kleben fest mit Alkopops an der Aushalt-Bar und warten das letzte Gericht ab, bei dem sie Gott Mammon in den Aldi-Feuertopf wirft, als Hanswurst-Beilage. Und später wird ihnen gesagt werden, Hartz IV sei ein guter Kitt für gesplitterte Existenzen.
Alles neu macht nicht frei! Die jungen Leute brauchen keine Bildungs-Chipkarten und keine politisch verreckte Daheimbleib-Prämie, sie brauchen Liebe, Interesse, Austausch mit anderen Kindern und Kulturen und eine „Beackerung des Geistes", was Kultur ursprünglich bedeutet. Sie brauchen Bildung, denn Wissen ist eine Ausübung von Freiheit und gleichzeitig die wissenschaftlich belegbar langfristigste Investition, die eine Marktwirtschaft machen kann. Unsere Jugend soll doch nicht

Zuschauer ihres Lebens sein, sondern ihr Produzent.
So fühle ich mich, Facebook!
Auf meiner Gedankendatenautobahn steht ein Trauerzug voll Angst. Er transportiert Wortscherben, die meine Trümmer von allen Seiten stützen sollen.
Meine Worte sollen nicht zornig klingen, sie sollen den Machtgierigen nur den Suchtweg abschneiden, sie sollen nur das Gegenlicht für alle Blender sein und der Stolperdraht für jeden hinkenden Vergleich. Es geht nicht darum, wen meine Worte betreffen, sondern wen sie treffen. Meine Worte sollen ein Defibrillator fürs Gehirn und ein Schritt sein, den das Herz macht. Ich will nur, dass diese beiden Organe wieder angeschaltet werden und empfinden können. Denn eines hat mich die fleischverarbeitende Industrie gelehrt: Die Fühlkette darf nicht unterbrochen werden.

Amerika

Ich bin auf dem Land aufgewachsen. Wir haben den ganzen Tag unsere Felder gepflügt, die unseres Nachbarbauern mit Pestiziden verseucht und wenn es uns doch einmal langweilig wurde, sind wir auf die Weide gegangen und haben Kühe umgeworfen. Abends habe ich mit meinen Eltern im Stroh geschlafen, neben den Eseln, das roch zwar ein bisschen, die Esel haben sich dauernd beschwert, aber wenn man muss, geht es auch.
Das Leben war hart, wir hatten gar nichts und davon eine ganze Menge. Meine Mutter hat meine Sachen immer gebügelt, während ich sie noch anhatte und meinem Bruder ging es noch schlechter ... also, er war nicht mein leiblicher Bruder, meine Eltern haben ihn auf der Suche nach etwas Essbarem in einer Babyklappe gefunden. Mein Bruder war so hohl. Meine Eltern wollten ihm ein Loch in den Hinterkopf bohren, so hätte er wenigstens noch als Nistkasten getaugt. Uns war klar, das Leben ist kein Gemälde von Carl Spitzweg, sondern eine Fettecke von Beuys.
Aber mein Bruder hat dann Karriere gemacht, er wurde Spielesteinschnitzer bei Ravensburger. Da hat er diese „Mensch ärgere dich nicht“-Figuren entwickelt, die so aussehen wie ein Penis. Und ich wollte schon immer etwas mit Menschen machen, also eher mit Publikum.
Dann bin ich plötzlich durch Poetry Slam unendlich reich geworden (also nicht so reich wie die anderen, aber reich), ich wohne jetzt auf einem Gestüt in Witten-Bommerholz, ich habe zwar keine Pferde in den Koppeln, aber irgendwo müssen auch die Bediensteten schlafen. In meiner Natursteinvilla habe ich viereinhalb Meter hohe Räume. Da stelle ich mir dann um die Adventszeit immer drei Weihnachtsbäume rein. Eine Koreafichte, eine Atlaszeder und eine serbische Tanne. Ansonsten beschäftige ich drei Gärtner, die die 200 Hektar Land mit den Zähnen abgrasen müssen, regelmäßig den Zaun in meinem

japanischen Garten und die Bauernmalerei auf der Selbstschussanlage frisch halten.
Mein Tag besteht seitdem nur noch aus freizeitorientierter Schonhaltung. Meist entscheide ich mich einfach dafür, in meinem Gartenstuhl sitzenzubleiben. Lange. Es ist ein langes Sitzen. Es ist das Große Sitzen. Oft denke ich mir eine Weile lang Palindrome aus, wie: „Die Liebe ist Sieger - stets rege ist sie bei Leid“, oder „Grasmitte, da liegt ein Kadett im Sarg“ und merke, wie ich mich langsam zu Staub mache. Ja, wir alle werden verfaulen, heute hier, morgen fort. Und irgendwann hat auch der witzigste Dichter keinen Biss mehr, wie auch, wenn die Zähne im Glas sind? Aber man darf sich darüber keine Sorgen machen. Die Leute machen sich viel zu viele Sorgen. Wenn sie mich heute fragen, woran man sich in diesen Krisenzeiten halten soll, dann kann ich nur antworten: „Philosophie, Moral, Ethik und Immobilien.“
Was ist schon eine Finanzkrise? Es gibt Schlimmeres: Am Wochenende kommen mich immer meine Nichten besuchen. Sie sind zu zweit. Sie sind beide elf. Und sie haben Blockflöten dabei! Meine Nichten sind so hässlich, das wächst sich auch nicht mehr raus. Als Babys waren sie noch ganz süß, aber nach süß kommt eben ranzig. Und die werden jetzt vegan erzogen, tragen Crocs und Ballonröcke, machen Zumba und hören Musik eines Aggrobats namens Bushido. Ich kenne ihn nicht, aber das muss ein netter Kerl sein, der hat einen Preis für Integration bekommen.[11]
Und sie haben auch ihren Mops dabei, der die ganze Zeit grunzend durch unsere Wohnung läuft. Und seitdem sie ihn grün angemalt haben, sieht er aus wie Yoda. Und nach dem Mittagessen steht er auf dem Teppich und sieht mich mit diesem allwissenden Grinsen an und sagt: „In deine Schuhe gekackt ich habe.“
Wenn ich die Wahl gehabt hätte, wäre ich gern Filmemacher geworden, aber in Deutschland geht das ja nicht. Ich hätte nämlich am liebsten Science-Fiction-Filme gedreht. In Deutschland

könnte man nie einen Science-Fiction-Film drehen. Man stelle sich das mal vor. Da landet ein UFO in Bielefeld, steigt der Alien aus und sagt: „Bringt mich zu eurem Führer!“ Sagt der Mensch: „Geht nicht, der ist schon lange tot.“
Aber in Amerika, da geht Science-Fiction! Amerika ist ganz anders. Da ist alles ein herrlicher Kompromiss. Die Menschen sehen alle aus wie Wurst, sie hören gern Country und selbst der Salat schmeckt dort nach einem doppelten Whopper mit Käse.
Na gut, sie haben ein paar seltsame Gesetze:
In New York zum Beispiel ist es Männern verboten, Frauen hinterher zu schauen. Wer gegen dieses Gesetz verstößt, muss nicht nur 25 Dollar Strafe zahlen, er wird auch gezwungen, jedes Mal, wenn er spazieren geht, Scheuklappen für Pferde zu tragen.
In Alabama dürfen Männer ihre Frauen zusammenschlagen, wenn sie dafür einen Stock benutzen, der nicht länger als ihr Daumen ist.
In Minnesota ist es illegal, weibliche und männliche Unterwäsche auf dieselbe Wäscheleine zu hängen. Auch droht einer Frau dreißig Tage Gefängnis, wenn sie ein Nikolauskostüm trägt und das Überqueren der Landesgrenze mit einer Ente auf dem Kopf ist auch untersagt.
Am liebsten mag ich Kentucky. Dort dürfen sich Frauen nur dann im Badeanzug einem Highway nähern, wenn sie entweder mit einem Knüppel bewaffnet oder von zwei Polizeibeamten begleitet werden. Dieses Gesetz tritt nicht in Kraft, wenn die Frau entweder weniger als neunzig Pfund oder mehr als zweihundert Pfund wiegt oder wenn es sich bei der Frau um ein weibliches Pferd handeln sollte.
Amerika ist seltsam. Die Republikaner haben gesagt: „Amerika ist immer noch so reich, wir könnten die ganze Welt kaufen.“ Da haben die Chinesen gesagt: „Abel wil velkaufen nicht!“
Ja, die Amerikaner, die sind immer etwas naiv. Da bleibe ich doch lieber auf dem Land sitzen. Man könnte mich auch einen

Landsitzer nennen. Dort denke ich weiter über unsere Politiker nach und stelle fest: Wir haben immer noch die besten Politiker der Welt, vielleicht sollten wir sie in andere Länder exportieren, dann ginge es den Menschen dort endlich besser. Und uns erst!

Diplo(Dra)matisch

Ich fahre ja viel mit der Bahn und auf dem Weg hierher saß mir ein Mann an so einem Vierertisch gegenüber, der hat so einen Tablet-PC gehabt und Ohrstöpsel in den Muscheln und hat Wagner gehört. Und weil ich mich dann über die Lautstärke beschwert habe, sind wir ins Gespräch gekommen und wir haben darüber geredet, was wir so machen. Ich wollte intellektuell erscheinen und meinte, ich sei Weißpapierverbraucher und Gefühlstopograph, worauf er sagte: „Ah, Erdkunde! Das ist gut, damit kenne ich mich auch aus. Ich bin sozusagen ein Erdexperte, ich bin nämlich Diplomat, das heißt Problemvermittler. Also, ich vermittle Probleme an Länder, die dann mich beauftragen, damit ich zwischen den Ländern wegen der Probleme vermittle. Für mich eine klassische Win-win-Situation.

Ich glaube, ich lehne mich nicht zu weit aus den Windows, wenn ich behaupte, wir Diplomaten haben die Welt besser gemacht. Schauen Sie, statistisch gesehen gibt es auf der Welt erstmals mehr Übergewichtige als Unternährte. Vor allem die Amerikaner fallen da stark ins Gewicht, kleiner Scherz meinerseits. Oder in Russland. Da haben wir jetzt in einem Gefängnis durchgesetzt, dass es einen Gesangswettbewerb unter Mördern und anderen Verbrechern gibt - wer den gewinnt, wird begnadigt. Ist doch eine schöne Idee, oder?

Man sollte uns Vermittler auch häufiger im Inland einsetzen. Dann würde nicht so viel schieflaufen, wie zum Beispiel bei diesem NSU-Prozess.[12] Da muss man eine notarielle Lottofee bestellen, die die Plätze auslost, was dazu führt, dass die *FAZ*, die *ZEIT* und die *Süddeutsche* draußen bleiben müssen. Aber man darf sehr gespannt sein, was *Hallo München* zu dem Fall schreiben wird. Oder bei der Atommülldebatte, da wird endlos diskutiert, wohin mit dem Zeug und dann zeigt man diese Bilder von den lecken Fässern, wie das raustropft, und der Bürger bekommt Angst und regt sich auf. Es erstaunt mich immer wieder, dass Politiker gerade in der Umweltpolitik, beim Recycling, Schwierigkeiten haben. Ich meine, da geht es doch in erster Linie um die Wiederverwertung von alten Flaschen, da müssen sie sich doch auskennen, betrifft sie ja selbst. Im Ausland haben wir das ganz anders geregelt. Wir haben schon 2009 in Italien die Mafia beauftragt, dass sie 32 Schiffe mit Atommüll heimlich in der Adria entsorgt. Hat keiner mitgekriegt. Deshalb gilt international der feste Grundsatz: Was du heimlich kannst entsorgen, das versenke nicht erst morgen.

Selbst zu *Stuttgart 21*[13] hätte ich etwas zu sagen gehabt. Ist doch klar, dass die Leute diesen Bahnhof nicht haben wollten. Haben Sie sich mal die Bilder der Entwürfe angeschaut? Alles in Weiß und Glas und Stahl. Das sah ja eher aus wie eine Scientologen-Zentrale oder wie ein Apple-Store oder wie was anderes Religiöses. Man hätte schon in den Zeichnungen das Ganze eher in ein gedecktes Braun setzen sollen. Denn Brauntöne erinnern den Deutschen an ein Zuhause.

Aber mich fragt ja keiner.

Ich will mich ja nicht beschweren, wir haben es schon hin und wieder lustig in der Politik. Wenn ich zum Beispiel die Angie ab und zu am Bundesbusbahnhof aufgabel, dann fahren wir zusammen zum EU-Ministerrat nach Brüssel, immer das gleiche Programm, zwangloser Informationsaustausch von Problemen, die ich vermitteln darf, anschließend Bastelstunde mit Herman Van Rompuy, da falten wir uns einen kleinen Papiertiger, dann Schampus und Kaviar und zurück nach Berlin. Was? Entscheidungen treffen? Na ja, man geht ja auch nicht auf den Weihnachtsmarkt, um einen Esel zu streicheln. Oder sagen wir mal so: Eine politische Diskussion ist nicht dazu da, gute Entscheidungen zu treffen, sondern schlechte möglichst lange aufzuschieben.

Und dann halte ich viele Vorträge in Unternehmen, oder wie ich sie scherzhaft nenne: bei der R.A.F. - Reiche Aufsichtsräte und Führungskräfte, und ich kriege dafür nicht das Salär, das Peer

Steinbrück bekommt.[14] Mit Kleingeld gebe ich mich nicht ab. Und nach so einem Vortrag bin ich immer erstaunt, was ich wieder so alles von mir erfahren habe. Es ist gut, dass es Menschen wie mich gibt, sonst würde sich ja keiner um diese Welt kümmern. Alle Macht geht vom Volke aus, nur wo geht sie hin?
Die jungen Leute interessieren sich ja nicht für Politik. Wenn man vom Gespenst spricht, das in Europa umgeht, denken die ja nicht an Karl Marx, sondern an Hui Buh. Unterhalten Sie sich mal mit einem Deutschen auf der Straße über Politik. Da können sie sich auch mit Daniela Katzenberger über Poststrukturalismus unterhalten. Um ehrlich zu sein, wir wollen auch gar nicht, dass die Leute sich dafür interessieren, dann sind die doch nur frustriert, dass die überhaupt nichts tun können. Der Mensch denkt, der Markt lenkt. Die Menschen richten ihren Blick doch nur dann auf die gesellschaftliche Lage, wenn man Pferdefleisch in ihrer Lasagne entdeckt. Aber nachdem IKEA Entwarnung gegeben hatte – deutsche Fleischbällchen sind sicher! – war wieder alles in Ordnung. Dass man aber menschliches Resthirn in Berlusconi entdeckt hat, das interessiert keinen.
Na ja, was können wir daraus schließen außer dem Muskel?
Oh, Frankfurt! Da muss ich raus. Ich wünsche Ihnen eine gute Reise, vielleicht sieht man sich ja mal wieder. Ich bin auf dem Weg nach Bulgarien mit einer Delegation der Hamburg-Mannheimer, wir fahren mit den Jungs von VW auf eine Lust- äh ... Geschäftsreise und ich muss erst mal testen, ob das Laufhaus begehbar ist. Es sind auch Spieler von Bayern München dabei, die bekommen da immer Bordellrabatt oder wie ich es nenne, Freistöße. Ja, man muss seine Geschäftspartner umgarnen. Übrigens: Wussten Sie, dass das Wort ‚umgarnen' ein Begriff aus der Jägersprache ist?
Hier ist meine Karte, rufen Sie mich doch mal an, wenn Sie ein Problem brauchen. Glauben Sie mir, die westliche Welt hat noch nicht alles erreicht, da ist noch viel zu tun, denn wie steht

es schon in der Bibel: ‚Was hülfe es dem Menschen, wenn er die ganze Welt gewönne, es fehlte ihm ja immer noch der Mond.' Gute Reise!"

Tagesstau

Zwanzig Uhr! Erstes Programm!
Im Osten fängt ein Aufstand an.
Jetzt schauen wir uns mal an,
ob man nicht Freiheit und Islam
mit Krieg zusammenzwingen kann.
Oder ist der starke Mann
nach der Tauzeit wieder dran?

Im Sendungs-Chat: Experten fragen,
den Kopf im Sand der Zeit vergraben,
schnell getippt, schnell abgehakt,
die nächste Nachricht kurz nach acht:
Es stehen geschlossen in Habacht
die Weltenlenker der G8
gekleidet klassisch: Niedertracht

Die schauen stumm auf den Diktator
im Gottesstaat rechts vom Äquator,
sein Land mit Militär bestückt,
das Tag für Tag sein Volk zerpflückt.
Man weiß, wie Menschenrecht dort glückt:
Man darf ja stehen, nur leicht gebückt,
wo der Handschuh eine Hand zerdrückt.

Doch alles kein Vergleich zur Krise!
Die Griechen, Zyprer, alles Miese!
Gesetze sollen zusammenraufen,
wenn Banker auch die Bank versaufen.
Und mehrt sich auch der Peanuts-Haufen,
ein Motto hält dies Land am Laufen:
Bei Ebbe muss man Strand verkaufen.

Soweit so schlecht ist das Gewissen.
Oder hieß es doch Gerissen?
Und um Zweiundzwanzig zehn
können Sie all die Leiden sehen,
die wir noch weniger verstehen.
In den Tagesthemen! Auf Wiedersehen!

Rudi Völler

Immer wieder habe ich diesen einen Traum: An meiner Bettkante sitzt Rudi Völler und gibt mir Haarpflegetipps. Ich sage: „Rudi, wenn du so viel über Haare weißt, wie fischen wir die dann aus der Ursuppe?" Er sagt: „Was meinst du damit?"
„Na ja, Rudi, wenn die Bibel recht hat und wir sind das Salz der Erde, dann war der Koch ganz schön verliebt. Wir klumpen zusammen auf diesem Schiff, suchen den weißen Wal der Freiheit aber diesmal schlachtet ihn irgendein Ahab ab und ich stehe daneben. Wie Starbuck. Und damit meine ich den Steuermann der Pequod, nicht den Kaffeeröster."
Und Rudi sagt: „Aber du lebst doch in einer freien Welt." Ich sage: „Rudi, da muss ich Soweto einlegen! Da ist immer noch Krieg. In Afrika, im nahenden Osten, in Asien, in Amerika. Da gehen Soldaten in Fleisch und Blut über.
Und Rudi, diese Rating-Agenturen, die ganze Länder durch die Wegnahme eines einzigen Buchstabens ins Chaos stürzen. Sind sie nicht das personifizierte Böse? Ein Haufen blasshäutiger Taschenbilliardrechner-Studenten, die sich auf der Wirtschaftsschule einen Abakus anal eingeführt haben, aber dafür beim Alphabet nie über den Buchstaben D (wie zahlungsunfähig) hinausgekommen sind.
Und Rudi, alle Rubeljahre kommt der Putin wieder, gewinnt völlig überraschend eine Wahl und lässt sich dann mit einem Tiger fotografieren, den er bei der Großwildjagd erlegt haben will, dabei haben sie einfach einen sedierten aus dem Zoo hingelegt. Immer wieder kommt Putin an die Macht, dabei weiß man doch: Windeln und Politiker müssen immer mal wieder gewechselt werden. Aus dem gleichen Grund.
Rudi, im Radio singt ein Junge, er müsse „nur noch kurz die Welt retten." – ich weiß aber nicht, ob ich das Glück dieser Welt in die Hand eines nicht mal halbseidenen, bestenfalls halbschurwollenen Schmuseschmerzensmann legen möchte. O.k.,

das mit „148 Mails checken", das kriegt er sicher hin, aber kann er die Löcher in Fukushima stopfen, und die in meinem Glauben - auch wenn er tatsächlich evangelische Theologie studiert hat - und kann er es hinkriegen, dass Gladbach Deutscher Meister wird?"

Und dann sagt Rudi: „O.k., o.k.! Vielleicht hast du recht. Aber Deutschland ist doch frei! Das sagt doch auch der Gauck! Freiheit! Immer wieder Freiheit!"

„Aber was heißt diese Freiheit, Rudi?

Freiheit heißt in diesem Land, dass man ausharrt in dieser Resig-Nation in der Hand des internationalen Marktes mit einer protestantischen Christin an der Spitze, die sich bitte nur ein einziges Mal an einen Satz aus der Bibel halten soll, aus dem ersten Brief Paulus an die Korinther, Vers 14, 33b-35: ‚Die Frau schweige in der Gemeinde.'

Freiheit heißt, ich muss unsere deutsche Arroganz, auch meine, aushalten, wenn ich wieder bei einem Diaabend von Freunden bin, die mir ihre Bilder vom letzten Dritte-Welt-Urlaub zeigen: ‚Almut, guck mal da! Armut! Almut! Armut! Die heißt ja fast so wie du! Hahahaha!'

Freiheit heißt, dass in diesem Land Nazis immer noch ihr Kind beim rechten Namen nennen dürfen und von Kopf bis Fuß auf Hiebe eingestellt sind. Da fällt mir ein, letzten Monat war ich in Erfurt, Rudi, da schwammen ein paar Glatzen in der Gera, sah ganz schön aus, wie koreanische Lampions beim Namgang-Fest. Nur, dass die Glatzen leider nicht brannten.

Freiheit heißt, ich muss Leute wie VW-Chef Winterkorn aushalten, der sich selbst ein Jahresgehalt von 17,5 Millionen Euro ausstellt. Zum Vergleich: Ackermann, Chef der Deutschen Bank, hat sich damals 8 Millionen zugestanden, das fanden wir unanständig. Ich persönlich beziehe Hartz IV, da weiß man, was man nicht hat.

Freiheit heißt, ich muss Carsten Maschmeyer aushalten. Ein Größenwahnsinniger irgendwo zwischen Skeletor und der

Mafia, begleitet durch Vroni Ferres, die Königin der Schmerzen, keine heult weniger überzeugend Krokodillederträrnen im deutschen Gutmenschenprogramm der ARD, während ihr Milliardär ein Münzbad im Geldspeicher nimmt. Allerdings: Einen Unterschied zwischen Maschmeyer und der Mafia gibt es doch. Die Mafia hat wenigstens so etwas wie Ehre. Ende Blut, alles gut! Gelobt sei, was Beine macht, vor allem schlanke."

Und dann sagt Rudi: „Aber die Gedanken, die sind frei!" Und ich sage: „Ja! Da hast du recht, Rudi! Die Gedanken. In meinen Gedanken ist wirklich alles möglich! In meinen Gedanken explodiert ein Junge nur aus Langeweile. In meinen Gedanken tanzen Stadtpomeranzen mit Rhönrädern am Ohr. Ich kann Geschichten weiter-denken, ich kann mich bei einem Gottesdienst weg-denken und nie mehr werde ich mich beim Schreiben eines Textes ver-denken. In meinen Gedanken verteidige ich meine Leidenschaft für geprügelte Worte bis aufs Blut! In meinen Gedanken tilge ich die Schulden für die Hypothek meines Kartenhauses. Ich weiß, es wird einmal eine Wunde aufgehen und dann ist da kein Weg, dann gehe ich einfach nur.

Und in meinen Gedanken flanke ich dir zu und du Rudi, du nimmst Anlauf und schießt den Ball - den Bundespresseball, den Filmball, den Opernball weit in den Orkus eines schwarzen Loches. Und dann regnet es mal wirklich rote Rosen, die den ganzen Schmock wegwaschen und dann sind wir Weltmeister, Rudi! Wie damals, 1990, Andi Brehme, 1:0, Elfmeter, nachdem du gefoult wurdest. Schieß doch, Rudi, schieß doch!"

Und dann ist er auch schon verschwunden. Und mir wird klar, wir sind gar nicht Weltmeister, nicht mal mehr im Export. Ich kann meine Gedanken nicht mehr ein- noch ausdenken. Ich weiß, es gibt nur einen Rudi Völler und den habe ich noch nicht getroffen, aber eines hat er mir gezeigt, im Traum! Egal ob es um die ganze Welt geht, um Deutschland oder die Gedanken. Aller guten Dinge sind frei!

2. PAZIFISTISCHER OZEAN

Humankapital

(Wolfgang Hildesheimer zugedacht)

„Was arbeiten Sie eigentlich?“, fragt die Frau beim Arbeitsamt.
„Ich bin Dichter.“
„Ah, sind Sie beim Fernsehen? Lafer, Dichter, lecker. Kenn ich.“
Ich sag: „Nein, ich schreibe Texte.“
„Und wovon leben Sie dann?“
„Von Immanuel Kant in den Mund.“
„Und was machen Sie wirklich den ganzen Tag?“
Ich sage: „Ich sitze an meinem Schreibtisch. Erste Person, sehr Singular. Ich kaue Stifte zu Bruch und komme nur auf dumme Zweizeiler wie:
In München steht ein Hofbräuhaus/
Da schauen zehn Chinesen raus.
Dann gehe ich durch die Stadt. Auf der Suche nach einem Satz. Die Ampeln blinken „WORTE, WORTE!“ Ich gehe zum Kiosk und sage: „Einmal gemischte Gefühle bitte!“ Und ich frage mich: Was habe ich noch drauf außer Kilos? Wie kann ich Schönheit beschreiben, so dass sie wirklich entsteht und wie belanglos kann ich noch werden? Ich drehe die Wörter wie den Würfel von Ernő Rubik, aber nie sind die Seiten gleich. Aber wenn es mir gelingt, dann ist da ein Satz, ein Absatz, dann ist da ein Text.“
„Na, wenn Sie so gern schreiben, dann unterschreiben Sie hier mal!“
Sie reicht mir einen Schein für ein Selbstoptimierungsseminar.

Tags drauf sitze ich in einem grauen Raum, der mich an das Tribunal in Den Haag erinnert. Dann kommen sie. Die Change-Management-Experten. Mit Gesichtsfahrrädern auf der Profilneurose. Ich trage eine Brille, weil ich muss, die weil sie sich an schwarzem Horn erkennen. Das Erste, was mir aufgefallen ist: Die riechen unglaublich gut, so nach Grünwald.
„Ah, Herr Sydow! Wie geht's?"
„Voran!"
„Nein, ich meine läuft's?"
„Meist raus."
„Sehr witzig! Also gut, *Sie* sind der Underperformer, nicht ich! Ungenutztes Humankapital. Nur statischer Content, ich weiß Bescheid. Aber wir machen Sie schon zur High-Potential-Work-Force. Wie performen Sie denn so?"
„Auf der Bühne?"
„Ach, Bühne. Im Berufsleben. Arbeitsmarkt, Umsatzsteigerung, wie ist Ihr Response, was sind Ihre Skills? Sind Sie kreativ, innovativ, was würden Sie sich auf ein T-Shirt schreiben?"
Ich sag: „Kritische Masse."
„Woran glauben Sie?"
„Meinen Zweifel."
„Wo stehen Sie politisch?"
„Im Wald."
„Was ist Ihre größte Tugend?"
„Falsche Bescheidenheit."
„Was haben Sie zuletzt im Kino gesehen?"
„Offene Münder."
„Ha ha, ich lach, wenn der Witz kommt! Sie machen ja nur Scherze, weil Sie den Ernst des Strebens noch nie genossen haben. Aber warten Sie nur ab! Wir machen Sie schon zu einem Human Capital, verbessern Ihren Traffic, Ihre Conversion. Sie werden leben wie ein VW-Aufsichtsratvorsitzender, wenn wir mit Ihnen fertig sind. Nicht mehr morgens Aronal, abends Elmex. Abends Anal, morgens wird die Amex durch den

Kreditkartenschlitz der russischen Nutte gezogen. Ab durch die Titte! Da bleibt kein Schwimmbad trocken, Herr Sydow! Sie lernen, wie man richtig kriecht. Der Weg zum Himmel ist mit guten Absätzen gepflastert! Jeder wirbt für sich allein! Im Marschtakt durch den Arschtrakt. Selbstoptimierung, Self-success, Self-Erkenntnis. Sie werden crossgeovert von uns! Wenn Sie erst mal im Flow sind, sind Sie eine leistungsfähigere Ressource. Und nach der zweiten Haartransplantation singen auch Sie ‚Alle Haare wieder'! Wir werden Erfolg in ihre DNA implementieren. Self-Evolution!"
Ich sage: „Evolution? Was hat die uns schon gebracht, außer 2000 Kubik im Kopf und einen abgespreizten Daumen? Ganz nebenbei: Charles Darwin war der Meinung, dass eine zweite Evolution uns Menschen ein Ende setzen würde."
„Ist das Ihr Ernst?"
„Nein, der hat nur den Regenmantel vom Ernst an."
„So kommen wir nicht weiter, Herr Sydow. Fragen Sie sich, wo sehen Sie sich in der Zukunft? Wo wären Sie gern mal?"
„Nicht hier."
Und dann nehme ich sie mit. In meine Welt. Draußen in die Wälder. Wo Vögel piepsen. Das kannten die Optimierer nur von Sanifair. Und ich zeige ihnen Bücher, die kannten sie nur digital. Und ich zeige ihnen Filme auf Leinwänden, nicht auf Festplatten. Und ich zeige ihnen Menschen. Die kannten sie nur aus Statistiken. Und sie sind begeistert. Die Selbstoptimierer fangen an, zu singen und reden Blech und manchmal Papier, sie vergessen die Namen, die sie sich gemacht haben, und sie reißen die Rinde von den Bäumen und schreiben Briefe an McKinsey, in denen steht: „Vater, ich habe gekündigt." Und dann kritzeln sie Gedichte auf die Rinden, sie stehen da, voller Erkenntnis und fangen an, zu reimen:
Im Wald sahen wir den Selbstbetrug/
und aus dem Rohr die Dommel schlug.

Und plötzlich ist da ein gleißendes Licht und ich stelle fest, ich konnte keinen Einzigen von ihnen überzeugen. Alles war nur eine Halluzination und eigentlich stehe ich auf einer Bühne und unten im Publikum sitzen Leute, die haben Karten in der Hand auf denen Nummern von eins bis zehn stehen und ich bekomme Angst, dass diese Leute von einer Unternehmensberatung sind und mich optimieren wollen. Sie möchten, dass ich durch geistige Abwesenheit glänze, die Einladung in ihre Luftschlösser annehme und endlich mein Störgerät ausschalte.
Aber, meine lieben Selbstoptimierer,
wenn es mir auch mal an Scherzen gebricht/
schwör ich euch, lebend kriegt ihr mich nicht!
Und einiges, was entsteht, ist wert, dass es auch weitergeht.
Gegen eure Bund- setze ich meine Sorgenfalten. Gegen eure Zahlen setz ich Sätze und gegen eure Hartmut Mehdorns und Mark Zuckerbergs setze ich Allen Ginsberg, Lenny Bruce, Woody Allen und Heinz Erhardt. Ihr habt den DAX und Apple, ich habe Brel, Brassens und Loriot. Auf eurer Seite steht die Deutsche Bank, Sinopec und Exxon, auf meiner Alex Kluge, Georg Danzer, Thomas Wolfe und Leonard Cohen.
Ihr glaubt, ihr kriegt uns kleinlaut, aber wir sind eine Armee, bis an die Zähne bewaffnet mit Buchstaben und Satzzeichen. Wir schreiben, bis es euch die Seele zuschnürt. Nicht ihr überholt uns, ihr gehört überholt! In uns brennt ein Feuer nach allen Regen der Brunst! Wir sind Gehirne, ihr nur das Rückenmark. Ihr seid nur Märkte. Wir sind die Avant en Garde!
Und am Ende, meine Damen und Herren Selbstoptimierer, werdet ihr, nicht ich schweigen, weil in meiner deutschen Sprache Humankapital und Mensch noch nicht dasselbe ist. Und jetzt: Diesen Satz ins Business-Englisch übersetzen!

Nordrhein-Westfälische Morgenstimmung

Morgens um halb sechs
hält Dortmund die Schnauze,
ein halbwegs verliebter Mann,
von Rasiermesserlippen
blutig geküsst
steht auf und sagt der Göttin,
die von seinem Husten geweckt wird,
sie müsse gehen.

Die Frau,
die er unbedingt haben musste,
steht auf,
kratzt sich ihren neurodermitischen Arm,
lügt, dass es schön war,
streicht ihre Flügel glatt
und lässt einen
halbwegs verliebten Mann
zurück.

Gegenüber I

Eine bildschöne Frau
in einem weißen Bademantel
küsst und streichelt
einen schwarzgekleideten Mann.
Und mit jedem Kuss
erscheint sie unberührbarer,
so unwahr
als wäre sie aus einem Gedicht
und ich
stehe am Fenster
im abgedunkelten Zimmer
und bemerke
wie sie mich bemerkt

Das Konzert

Es klingelte ein drittes Mal. Vater öffnete verschlafen. Er trug sein Unterhemd und seine rote Schlafanzughose und hielt das geschmierte Brötchen noch in der Hand. Der Mann vor unserer Haustür hielt einen Koffer.
„Sondermann?“
Mein Vater nickte.
„Es geht um Ihren Schrebergarten, da drüben ...“
Mein Vater sah dem Finger des Anzugsmannes nicht nach.
„Die Stadt Essen benötigt den Platz als Bauland für Zweitparkplätze. Das neue Konzerthaus. Ende September, Sie wissen?! Da Sie diese Parzelle von der Stadt gepachtet haben, müssen wir Sie leider aus Gründen des Eigenbedarfs bitten, die angesprochene Landschaftseinheit der Stadt zurückzugeben. Wir hatten Ihnen schon Briefe geschickt, aber Sie haben sich nicht zurückgemeldet.“
„Weiß ich nicht.“
Mein Vater war noch nicht ganz Teil des Gespräches, da überreichte ihm der Anzugsmann einen Stapel Papiere.
„Hier sind die Unterlagen. Ich habe alles vorbereitet. Lesen Sie es gut durch und senden Sie mir das Exemplar mit dem Knick zurück! Porto habe ich auch beigelegt. Paraphieren nicht vergessen!“
„O.k.“
Mein Vater wollte die Tür schließen, doch:
„Und holen Sie Ihre persönlichen Sachen bitte bis Ende des Monats vom Grundstück, da fangen wir mit den Abrissarbeiten an.“
Die Tür schloss sich ohne Verabschiedung. Mein Vater schlurfte zurück in die Küche, wo meine Mutter und ich die Reste des Frühstücks wegräumten.
„Wer war denn das?“, fragte Mutter.
„Ein Stadtheini. Wir sollen den Garten hergeben.“

„Wieso das denn?“
„Wegen des Konzerthauses.“
Mein Vater suchte in den ihm überreichten Unterlagen.
„Aber wir haben doch gerade erst den Grill neu gekauft, Peter.“
„Den können wir auch auf der Terrasse ... ROLF Sondermann!“
Mein Vater wiederholte den Namen seines Vaters:
„ROLF Sondermann! Na klar, die Pacht läuft auf Opa! Wo ist er?“
„In seinem Zimmer nehme ich an.“
Mein Vater rief die Flurtreppe herauf:
„Opa! Kommst du mal!“
Ich sah aus dem Küchenfenster. In etwa einem Kilometer Abstand sah ich den Giebel unseres Gartenhäuschens. Dahinter erhob sich der Berg. Großvater stapfte die Treppe herunter. Brauner Anzug, weißes Hemd. Sonntagsausstattung für einen Dienstag.
„Was hast du denn vor?“, fragte Mutter.
„Ich bin zum Boccia verabredet. Was ist?“
Mein Vater hob die Unterlagen des Anzugsmannes hoch.
„Wusstest du, dass uns der Garten weggenommen wird?“
„Ja.“
Mein Großvater drehte sich um und ging aus der Küche.
„Heute war jemand von der Stadt da“, rief mein Vater hinterher, „er meinte, sie hätten uns schon mehrere Briefe geschickt. Weißt du etwas davon?“
„Hab ich weggeworfen“, tönte es von der Haustür, die sich kurz darauf schloss.
Von dem Fenster aus konnte ich ihn sehen. Mein Großvater hatte sein Leben lang in diesem Berg gearbeitet. Er lag jetzt verlassen wie ein aufgeschütteter Misthaufen da, ausgehöhlt, still wie ein geschändeter Schoß. Schon in den Siebzigern hatte Opa den Garten am Fuße des Berges gekauft, und wenn er nicht zum Fußball der Zechenmannschaft gegangen ist, saß er da und sah auf den Berg, in dem er Woche für Woche verschwand. Als ich

alt genug war, erzählte er mir von der Arbeit unter Tage, wie er noch Pferdewagen mit Kohle beladen hatte und seine Hände am Abend vom Presslufthammer zitterten. Sein Arbeitsgerät hatte er nach Schließung der Zeche behalten. Ebenso seinen Helm und seinen Grubenanzug. Wie die meisten Kumpel. Sie nahmen sich alles mit, was ihren ganzen Stolz ausgemacht hatte, bevor gleichzeitig alle Uhren stehenblieben. Sechs Uhr. Letztes Schichtende.

Das Konzerthaus war seit Jahren geplant. Immer wieder gingen Vermessungstechniker durch die Gärten und an den Zäunen entlang. Sie sprangen über die stillgelegte Werksbahnschiene und berieten Abrisskosten und Großgrünbepflanzung. Großvater besah sich lächelnd die Bauhelmanzugsmarionetten, die von einem Schlagloch ins nächste wankten. Er hatte wohl nicht erwartet, dass es eines Tages wirklich so weit sein könnte.

Am Abend setzte er sich mit Vater in die Küche. Ich hätte schon schlafen sollen, schließlich stand am nächsten Morgen eine Klassenarbeit an, der einzige Beweggrund, bei dem meine Eltern die Zehn-Uhr-im-Bett-Regel ernst nahmen. Ich schlich mich aus der Tür an den Treppenabsatz und konnte nicht viel verstehen, zumeist nur die lauten Flüche meines Großvaters:

„Ich habe mein ganzes Leben in dem Berg verbracht. Das ist mein Garten! Das Gelände gehört den Kumpeln!“

„Kumpel gibt's nicht mehr, Papa!“

„Das alles gehört uns! Das ist Geschichte! Auch deine! Und was ist mit unseren Enkeln? Die sollen auch etwas vom Berg haben!“

„Die Enkel der Kumpel haben jetzt alle Computer, Papa! Die brauchen keinen Berg!“

Der Monat ging schnell zu Ende. Mein Vater musste heimlich Stück für Stück die Werkzeuge aus dem Gartenhaus nehmen und fand tags darauf das ein oder andere im Keller verstaute wieder an seinem Hüttenplatz. Den neuen Grill hatte er schon am Sonntag nach dem Anzugsbesuch herübergebracht. Es gab Steaks und Kartoffelsalat und mein Vater betonte immer wieder, dass der Grill doch besser auf der Terrasse aufgehoben wäre. Er betonte es so lange, bis sich die Nachbarn des Doppelhausgrundstückes beschwerten. Opa schwieg zu Vaters Verteidigung. Einige Sachen konnte mein Vater retten. Er hatte die paar noch nicht vom Wetter zerstörten Schindeln und Holz aus der Rückwand entfernt. Die Hütte war leergeräumt. Auch wurden die Arbeitsgeräte irgendwann nicht mehr durch Geisterhand in sie zurückgetragen. Opa ging zu seinen Beschäftigungen zurück: Boccia spielen, Kneipentreffen mit ehemaligen Arbeitskollegen und Fernsehen in seinem Zimmer. Vom Fenster aus beobachtete ich die tägliche Veränderung an unserem Garten und den daneben liegenden Parzellen. Morgens weckte mich das Anschaltgeräusch der Bagger, abends sah ich das Blinken der Sicherheitsleuchten an den Maschinen. Mit jeder Woche verschwand ein Stück Grün und wurde ersetzt durch Erde. Diese wurde von Mal zu Mal flacher, wurde grau, wurde Beton. Die Gärten, auf die ich bisher geblickt hatte, die Häuser mit ihren Geranien und ihren Rot-Weiß-Essen-Flaggen wichen geraden weißen Linien und einer Autobahnzufahrt.

Gleichzeitig begannen sie, die Silhouette des Berges zu verändern. In seiner Mitte erhob sich ein immer höher werdender Kubus aus Glas, durch den man bis kurz vor seiner Fertigstellung noch bis zur Zeche sehen konnte. Wie gelingt es Bauleitern immer wieder trotz all der Erde, dem Beton und dem Bauschaum makellose Glasfronten in die Landschaft zu stellen, an denen der Regen respektvoll heruntergleitet?

September. Das neue Konzerthaus versprach den Besuchern ein „Erlebnis zwischen Hoch- und Ruhrkultur!“, als wäre das eine mit dem anderen nicht vereinbar. Die geladenen Gäste sollten vor, zwischen und nach ihrem Beethoven einen Blick durch die Glasfassade auf die hergerichtete Zeche und den dräuenden Berg werfen und sich denken: Ja, es verändert sich etwas! Und wir sind dabei! Der Blick durch die ebenfalls gläserne Rückseite auf das Wohngebiet und somit auch auf unsere Siedlung inklusive meines Kinderzimmerfensters wurde durch die Bar und einige übermächtige Couchgarnituren verstellt. Die Gäste sollten hier in den Raum hineinsehen. Ich war gespannt darauf, das Gewusel des Eröffnungstages durch das Glas mitzubekommen. Bisher blieb es bei vereinzelten Männern und Frauen mit Bauhelmen und Blaumännern, die das Innere ausstatteten und begutachteten.

Meine Eltern wurden nicht eingeladen. Auch nicht unsere Nachbarn. Auch nicht deren Nachbarn. Die ganze Siedlung, die monatelang auf Baustellen geschaut und Lärm als Frühstücksmelodie gehört hatte, wurde bei den Eröffnungseinladungen ausgespart. Auch gab es keine Gutscheine, Entschuldigungen oder Entschädigungen für die ein oder andere angebohrte Wasserleitung, die unter anderem die Wohnung unserer Nachbarn zwei Tage lang trockenlegte. Erfahren hatten wir das alles nur aus der Zeitung. Meine Eltern gingen am Eröffnungsabend ins Kino.

Ich sah auf die sich langsam füllenden Parkplätze. Wo einst unser Gartenhaus gestanden hatte, machte sich ein grüner Kombi breit, auf unserem Grillplatz ein schwarzer BMW, an unserem Gartenzaun entlang mehrere schief geparkte Kleinwagen. Opa saß in seinem Zimmer. Als ich daran vorbeikam, hörte ich den Fernseher nicht, der sonst immer ein wenig zu laut durch das Haus dröhnte. Ich machte mir in der Küche ein Brot und konnte durch die Fensterscheibe nur ein paar Autodächer entdecken. Der Berg schien fast ganz verdeckt zu sein. Mit dem Wurstbrettchen und zwei gebutterten Brotscheiben ging ich wieder nach oben und horchte an Opas Tür. Kein Laut war zu hören. Ich klopfte:

„Opa, alles klar bei dir?“

Vielleicht war er eingenickt und ich hatte ihn aufgeweckt. Was wäre so schlimm daran, wenn er diesen Tag, den er so gerne verhindern wollte, verschliefe? Ich wurde ein wenig unruhig, drückte die Klinke herunter und sah in sein Zimmer hinein. Er

war nirgendwo zu sehen. Ich trat ein. Alles wie immer. Ich ging den Flur entlang zu unserem Badezimmer, klopfte und trat fast gleichzeitig ein. Nichts. Ich ging, immer noch Brot und Brettchen vor mir her tragend, die Treppen hinunter. Nirgendwo war er zu sehen, nicht im Keller, nicht auf der Terrasse. Konnte er einfach so verschwinden? Ich hätte ihn doch hören müssen.
Das Konzerthaus war hell erleuchtet. Ich konnte sehen, wie es strahlte, ein Monolith der Kultur, ein Sieg über den Berg durch menschliche Hand. Die Musik würde triumphieren. Mein Blick wanderte über das nachtschwarze Land um das Glasmonument. Zwischen den Parkplätzen blinkte etwas. Eine Autoalarmanlage dachte ich. Doch zwischen vereinzelten Wagen, die in der Dunkelheit alle gleich aussahen, erhellten Lichtblitze die Nacht. Immer mehr runde Leuchten wanderten durch die Kolonnen wie durch die Nacht schwebende Elfen. Ich kniff die Augen zusammen und erkannte die Umrisse von Männern. Jeder von ihnen in den gleichen weißen Overall gekleidet. Ich rannte die Treppe hinunter.
Ich sprang über den Zaun, der früher einmal unseren Schrebergarten und nun die Parkplätze begrenzte. Ich stolperte durch die düsteren Blechreihen. Ich prallte gegen einen Sportwagen. Ich stoppte und sah, wie sich die Lichter auf das Konzerthaus zubewegten. Aus der Nähe erkannte ich die Lichter als Helmlampen, die Männer in ihren Overalls als Bergmänner, vorne weg marschierte Großvater, den ich nur an dem Presslufthammer erkannte, der Monate zuvor noch im Gartenhaus gestanden hatte. Ich bemühte mich, den Männern hinterherzukommen, doch sie preschten als geschlossene Legion auf das Konzerthaus zu. Ich erkannte, dass jeder etwas in seiner Hand hielt: Presslufthämmer, Rasenmäher, Kettensägen. Ich beeilte mich, verlor sie kurz aus den Augen, als sie um das Gebäude herum zum Haupteingang zogen. Ich machte einen großen Bogen, um möglichst hinter ihnen zu bleiben. Ich versteckte mich hinter Absperrungen, die das Eingangsgelände einzäunten. Die Kolonne

aus Bergmännern ging unbeirrt auf den Haupteingang zu. Über ihren Köpfen erhob sich die Glasfassade, hinter der man die Konzertgäste sehen konnte. Ihre Abendgarderobe, ihre Smokings wanderten durch die von schmalen Stählen gebrochenen Fenster. Jedes einzelne wurde zum Gemälde einer Abendgesellschaft, modern und gleichzeitig der Tradition höfischer Malerei verpflichtet.

Die Bergmänner stellten sich in einer langen Reihe vor dem Haupteingang auf, weit genug entfernt, dass sie in die oberen Fenster, die ich gut von meinem Versteck aus überblicken konnte, sahen. Es dauerte nicht lange, bis einige der Gäste hinter den Scheiben den ungewöhnlichen Aufmarsch vor dem Gebäude bemerkten. Nach und nach drängelten sie sich an die Fenster, während sich die Männer in ihren weißen Overalls ihrerseits aufstellten. Es mussten an die dreißig sein, sie bildeten zwei Reihen, jeder ein Arbeitsgerät in der Hand. Für einen kurzen Augenblick war es so, als verstummte hinter den Fenstern jeder Sektsmalltalk. Westernstille lag in der Ruhrgebietsluft.

Und dann starteten sie. Nacheinander zündete jeder Kumpel sein Arbeitsgerät. Die Kettensägen ratterten, Rasenmäher mahlten die Luft zu Tönen und die Presslufthämmer pumpten einen dunklen Takt. So standen sie. Starr und stumm. Nur ihre Geräte brummten eine Melodie und brachten die Fenster zum Vibrieren. Ich trat aus meinem Versteck, spürte in meinem Bauch das Donnern der metallischen Bässe und schaute auf die Gesichter der Konzerthausgäste. Ich weiß nicht, ob sie verstanden, was auf dem Platz vor dem Eingang geschah. Die Sicherheitskräfte waren sich uneinig, ob sie eingreifen sollten. Sie wussten nicht, ob es eine Performance oder eine Demonstration war, ob die weiß gekleideten Männer dort hingehörten.

Großvater stand ganz außen in der Reihe. In seinem Profil die Unbeirrbarkeit des Siegers. Der Presslufthammer ließ seinen Körper zittern, doch sein Gesicht blieb starr.

Es dauerte wohl kaum fünf Minuten, bis ein Gerät nach dem

anderen verstummte. Die Kumpel löschten nacheinander die Lichter an ihren Helmen und drehten dem Gebäude die Rücken zu. Geschlossen verschwanden sie wieder in der Schwärze der Parkplätze. Die Zuschauer standen noch wenige Sekunden am Fenster, bis sie wieder in ihre Gespräche verfielen, lachten, vergaßen. Sie freuten sich auf ihren Beethoven und nur wenige konnten verstehen, dass sie nicht nur ein erstes, sondern auch ein letztes Konzert gehört hatten.

Klassentreffen

Wo sind nur Sarah und Micha geblieben,
die waren unser ganzer Stolz.
Sarah, die aschblonde Ballkönigin
und Micha aus ehrlichem Holz.
Die waren doch schon in der zwölften Klasse
heimlich und offen verlobt.
Die lebten, als wären sie Filmstars,
doch im Leben wird nicht geprobt.

Und wo sind die Partymädchenphantome,
die Glühwürmchen unserer Zeit.
Die kamen und gingen dann
immer mit anderen
und du warst immer bereit.
Haben sie es auf den Laufsteg geschafft
oder hat es dafür nicht gereicht?
Da hinten am Fenster steht ja eine,
das Haar fünffach gebleicht.

Immerhin sind noch alle am Leben.
Immerhin erkennt man sich noch.
Manche hatte man ins Herz geschlossen.
Manche sitzen dort immer noch.

Wenigstens der dicke Junge ist da,
der gab mir mal ordentlich aufs Maul.
Der sitzt immer noch alleine da,
war immer schon groß und stinkfaul.
Man munkelt, er handele jetzt mit Computern,
sein Internetshop laufe gut.
Dabei wollte er eigentlich Filme machen,
doch dann verließ ihn der Mut.

Und dort die große heimliche Liebe,
die sieht heute nicht so gut aus.
Sie sagt, sie hat geheiratet
und gibt mir einen aus.
Sie sagt, sie lebe jetzt glücklich
mit ihrem Mann, dem Herrn General.
Wenn er nicht da ist, dann geht sie fremd
und fragt mich: „Wollen wir mal?"

Immerhin sind noch alle am Leben,
Immerhin kennt man sich noch beim Namen.
Manche fragt man nach Adressen.
Manche nimmt man sogar in den Arm.

Der Eine, der hat immer davon geschwärmt:
„Nach New York oder Sydney, mein Freund!"
Er ist als Einziger hiergeblieben
und erzählt mir, wovon er träumt:
eine Farm in Montana,
ein Einsiedlerhaus in Byzanz.
Da rufen ihn seine drei Kinder
und seine Frau bittet zum Tanz.

Ein großer Blonder klopft mir auf die Schulter,
er hätt' mich auf einer Bühne gesehen.
„War nicht so mein Fall, aber Mut hast du, Junge,
das muss man dir eingestehen!
Kannst du denn auch davon leben?
Gibt's dich auch auf MTV?"
Der Typ war zwar in meiner Klasse,
doch gesprochen hat er mit mir nie.

Der Einzige, der es geschafft hat, ist Torsten,
der hat sich, wie man sagt, „freigeschwommen".
Der hat eine Firma und Imageberater,
darum konnte er auch nicht kommen.
Der hat einmal Ralf, dem Versager,
Freundin und Glück ausgespannt.
Danach hat Ralf mit seinem Polo
eine Backsteinmauer gerammt.

Die Klassenschönste hat schon Krähenfüße
an Lidern und auch um den Mund.
Sie arbeitet jetzt in der Werbebranche,
entsprechend laut tut sie's kund.
Im Bett trägt sie immer ihr Abi-Shirt,
sie steht halt auf Nostalgien.
Sie kennt alle Namen noch auswendig
und vorm Gehen nennt sie mich Benjamin.

Immerhin sind noch alle am Leben.
Das ist doch beruhigend zu sehen.
Manche, die einfach nur rumstehen.
Manche, die sagen, sie müssten schon gehen.

Sogar der alte Direktor ist da,
der starb schon mit fünfzig Jahren.
Und mahnend ruft er mit dem Zeigestock:
„Ihr seid nicht besser, als wir es waren!
Manche von euch ein wenig freier,
die anderen nur somnambul,
doch die, die es von sich glauben,
sind alle am wenigsten cool."

Und in der Mitte des Bildes steht
ein Verlorener, das bin wohl ich.
Ein Geigerzähler unter dem Herz,
alle drei Minuten ein Stich.
Irgendwie bin gern hingegangen,
auf manche freut man sich schon.
Doch mit der Erkenntnis kommt auch der Zorn:
Das ist meine Generation!

Ist es das? Ist das wirklich,
das Beste aus dreißig Jahren?
Manche hatten Wut und Visionen,
manche wenigstens knallbuntes Haar.

Immerhin, ein paar sind lebendig,
denn am Leben sein ist nicht genug.
Und ich schleich mich einfach zum Bahnhof
und nehme den nächsten Zug.

Eine kleine Beziehungs-Weise

Du benutzt deinen Finger als Schalldämpfer. Du flüsterst: „Ich will den Regenbogen hören“, aber Meer und Radio sind lauter. Du schaltest die volksdümmliche Musik und die Wellen ab. Mit einem Wortschöpfer rührst du im Topf mit den Buchstabennudeln und suchst deinen Namen zusammen. „Schon wieder Pasta”, raune ich, „gestern gab es doch schon Skandalnudeln, zum Schweinerweichen ist das ...”

„Immer musst du meckern“, sagst du, „hab dich lieb“ setzt du noch hinzu.

Dein Körper bewegt sich nach kurzer Mahlzeit in Richtung Badezimmer, zielstrebig wie ein Leopard auf Beutefang. Dein schwarzes Kleid, bauchfrei an beiden Seiten deiner Taille (oder Saiten deiner Taille, die klingen poetischer und treffen zu), raschelt bei jeder Bewegung. Ich bekomme auf etwas anderes Lust, als heute mit dir auszugehen.

„Zieh dich an, wir sind schon spät.“ Habe ich ‚anziehen‘ verstanden?

Mit dem zögernden Schritt des Storches gehe ich zum Schrank und ziehe den noch unverbrannten Smoking an, auch den Kummerbund, meiner Enttäuschung angemessen.

Als ich mich dir präsentiere, riechst du nach deinem Lieblingsparfum und ich bekomme wieder diesen Konfirmandenappetit. Ich würde dir dies gerne beichten, aber das dürfen ja nur Katholiken. Ich schaue aus dem Fenster und drehe die Nordsee wieder an. Du lächelst, verstehst mich. Zwischen dem Sagen und dem Tun liegt eben das Meer.

Du beißt mir ein „Ich weiß“ ins Ohr, ich fahre das Auto vor (und dann noch zurück, damit du einsteigen kannst).

Wir fahren zu einem Geburtstag, und wieder lächelst du und dann lächelst du wieder, als wir zurückfahren. Und ich muss dich eben küssen.

Fast täglich

Morgens. Das Foto, das dein Spiegel macht, ist unrasiert und blaugefleckt. Zu spät gestern und jetzt dieses Elefantengefühl im Kopf und auf der Zunge. Das Licht prügelt auf die Augäpfel ein. Sogar von hinten knallt es auf den Schädel, ein Angriff aus dem Hinterkopf, aus dem Augenwinkel, fast genau 180 Grad hinter dir. Gegenüber dem eigenen Hintern, dieses Plakat auf der dafür angemieteten Fläche – „Multiple Sklerose? Wir lassen Sie nicht alleine!“ Und dann dieses Wasser, neunzig Grad kalt und kreischend wie reißende Gitarrensaiten.
Und wieder kommen Altlasten hoch, Gedanken an Verfehlungen verflogener Tage, die mit K begannen - weil alle Verzweiflungen mit K beginnen, oder wenigstens mit C - alle, denen man so nahe kommen wollte, dass gerade noch der Atem dazwischenpasst. Irgendwo hast du noch das Polaroid von dieser K, irgend... nur wo? Die Eine, die Einzige, die dich hätte erlösen können. Ihre Schultern Rodins Vermächtnis, allein ihr Gang pure Pornographie, ihr Haar ein eingelöstes Versprechen. In deiner Erinnerung ist sogar ihre Langeweile voller Eleganz. Und schon wieder denkst du an die entgangenen Zärtlichkeiten, die ihr Mund mit deinem hätte anstellen können, all die Bluterküsse, die schönsten und ehrenhaftesten Wunden. Aber für dich eben immer nur hätte können - Konjunktive sind nichts als Entschuldigungen.
Manchmal, des Nachts, steht diese Frau auf deinem Teppich und trägt am Leib nichts als ein Lächeln.

Der Maler besieht sich sein Gemälde und stellt fest, dass er den Fluchtpunkt vergessen hat

Dabei
hat er zehn Jahre daran gearbeitet
alles bedacht
Goldener Schnitt
8:5
und
die Farben selbst hergestellt
schraffiert
getupft

Ein alter Meister
hätte es werden sollen
ein Piero della Francesca
ganz Quattrocento
Aber jetzt
wie er so davorsteht
die Venus in der Mitte
leert lächelnd ihre Amphore
hinter ihr das toskanische Fenster
und da wo der Horizont
hätte sein sollen
ist Deckweiß

Tuuli

Fast eine Berliner Liebesgeschichte

„Möchten Sie einen Apfel?“, fragte die Blondine hinter dem Obststand, und ich weiß nicht, ob es an meiner humanistischen Schulbildung lag, aber irgendwie war mir dieses Angebot nicht geheuer. Zudem blieb mir nicht die Zeit, nach allen Regeln der Frankfurter Schule das Für und Wider dieses Angebots abzuwägen, ich war in Eile, sollte mir doch der Preis des Deutschen Dichtungsrings übergeben werden, den ich nun schon seit zehn Jahren mit Geschichten versorge.

Wenn sie wenigstens schwarze Haare gehabt hätte, so hätte ich mich zu den Zwergen hinüberretten können, die sich in meiner Westentasche befanden und diese hätten mir bestimmt von einer Verführung abgeraten. Ja, die schmale Grenze zwischen Leben und Realität, so schnell verwischt sie! Doch bleiben wir einen Augenblick bei der Realität, nicht bei meinem obskuren Leben in Zwischenwelten, die sich leider immer dann zwischen zwei Blättern öffnen, wenn ich es am wenigsten brauchen kann. Das finnische Mädchen - verzeihen Sie mir, das blonde Klischee verlangt nun auch ein finnisches Mädchen als Heldin - hörte auf den klangvollen Namen Tuuli, was so viel wie „Wind“ bedeutet. Humanistische Bildung hin und her, das musste ich später nachschlagen. Da stand Tuuli also, zwischen allerlei Werbespott und gedrucktem Gesinnungsimperialismus und hielt mir von ihrem Gemüsestand aus einen Apfel vors Gesicht. Und da stand ich also an dem vereinsamten Bahnhof Zoo und wurde von Tuuli zu einem grün glänzenden Granny Smith verführt. Ja, am Bahnhof Zoo! Sergio Leone sagte einmal über seinen Film „Spiel mir das Lied vom Tod“: „Und wenn es noch so beschissen ist - mit einem Bahnhof fängt alles an.“

Ich kaufte den Apfel und krönte meinen leeren Magen mit der Säure der Schnitze, während aus den Boxen des Bahnhofs

Nicole „Ein bisschen Frieden“ schmetterte und Tuuli mich fragte, warum die Sängerin nur ein bisschen verlange? Und wie denn ein bisschen Frieden aussähe?
Das Ganze spielte sich in Berlin ab, nein, nicht an der Mauer, nicht an dem, was von ihr übrig ist und auch nicht am Holocaustdenkmal, auf dem Jugendliche aus Gedankenlosigkeit und nicht aus einem den Deutschen angeblich innewohnenden Antisemitismus über stählerne Stelen tanzten. Die Jugendlichen taten dies, weil sie glücklich waren und nicht, weil sie ein ernst und vor allem gut gemeintes Kunstwerk verspotteten.
Doch warum Berlin? Weil es die Stadt ist, in der sich alles abspielen muss? Nein, es war nun einmal so und es hätte auch Delft sein können oder Lissabon. Es wäre keine Liebesgeschichte geworden, nur weil sie sich in Berlin abspielte, auch keine melancholische Liebesgeschichte, nur weil sie sich in Berlin ... Sie wissen schon. Aber für eine Liebesgeschichte eignet sich eine Stadt mit schwedischem Sonnenuntergang genauso gut wie ein IKEA-Winter in Mitte. Und hier endet sie noch nicht. Tuuli wartete nach der Preisverleihung auf mich, die aus einem Wochenende in Scharbeutz mit dem Herzblatt-Hubschrauber und einem PEN-Dichter meiner Wahl bestand. Ich wählte Botho Strauß. Da wusste ich wenigstens, dass ich alleine fliegen konnte. Tuuli nahm mir die Urkunde ab und schlenderte mit mir durch die Sehenswürdigkeiten ihrer Stadt (sie sagte IHRE Stadt, die Finnin sagte IHRE Stadt!), Checkpoint Charlie (Die Ausnahmsweise, bitte!), Palast der Republik (totaliordinär!), das andere Berlin (das jeder Taxifahrer woanders fand). Und die ganze Zeit, an jedem ehrwürdigen Denkmal, jedem Platz wünschte ich mir, laut hinauszuschreien: Können wir bitte die Nichtöffentlichkeit herstellen! Stille Örtchen waren nicht das Problem, doch nirgends gab es einen stillen Platz für uns.
So erzählte sie mir also in einem überfüllten Café von ihrer wirklichen Heimat, vom ewigen Schnee und von dem Rentnerclub der Damen, die einst eine Gummistiefelfirma namens

Nokia geerbt hatten und fortan das reichste Altdamenkränzchen Europas waren. Außerdem brachte sie mir ein paar Brocken ihrer Sprache bei, Sätze, ohne die man in Finnland nicht überleben kann. Zum Beispiel „Katze Pölle!“, was soviel bedeutet wie „Guck mal, eine Eule!“ oder „Juhla on ohi!“ – „Die Party ist vorbei!“

Ich hatte dem wenig entgegenzusetzen, aber Humor setzt ja bekanntlich Bedrängung voraus und so erzählte ich einen Witz nach dem anderen und ihre helle Stimme brachte die Eiszapfen am Fenster zum Klirren. Man hätte als Außenstehender meinen können, sie sänge eine Mozartarie, aber sie lachte nur atem- und pausenlos. Und mit jedem ihrer Lacher fühlte ich mich mehr wie ein Fisch im kochenden Wasser.

Sie fragte mich, ob ich mit ihr nach Hause kommen wollte, sie würde uns einen finnischen Tee machen, der natürlich ohne seine wichtigste Zutat, Schnee, kein finnischer Tee wäre. Die Eiszapfen lassen aber darauf schließen, dass diese Geschichte im Winter spielt - also kein Zutatenproblem.

Ihr Vorschlag war völlig ohne Hintergedanken, ich rede hier nicht von Henry Miller und Anaïs Nin, deren vollen Namen Angela Anais Juana Antolina Rosa Edelmira Nin y Culmell ich immer verführerischer fand als ihr Kürzel. Nein, ich spreche von Robert und Tuuli. Auf der einen Seite Robert Julius, frischgebackener Gewinner eines Literaturpreises, Träger eines fusseligen Gesichtspullovers und Klamotten, in denen ich aussah, als würde ich auf dem Weihnachtsmarkt Industrieklebstoff und Korallenkettchen verkaufen und auf der anderen Tuuli, keine Laufstegpomeranze, sondern ein blondgelocktes Lapplandmädchen in einem weißen Mantel, mit dem sich schon ihr Großvater im Winter ’44 an die Deutschen herangepirscht hatte. Wir verstanden uns einfach prächtig. Ich könnte bei ihr bleiben, tatsächlich auf der Couch übernachten, es gäbe ein Frühstück in einem Bistro, die in Berlin so gerne nach Dichtern benannt werden, die dort nie waren und in denen seit Neuestem immer

Fernseher laufen, in denen singendes Obst Fruchtsaft anpreist. Was an dieser Fast-Liebesgeschichte bis heute weh tut ist die Tatsache, dass sie nicht zustande kam. Schuld daran war kein 11. September, kein Einmarsch fremder Truppen, nichts Dramatisches. Den Strich durch unser beider Rechnung machte das Winter-Spezial der Deutschen Bahn. Das Ticket, welches ich vom Dichtungsring bezahlt bekam, gehörte zu dieser Sonderaktion und band mich an Zug und Uhrzeit. Und nur in Romanen pfeift der Held darauf. Also trennten sich unsere Wege früher als es diese Geschichte gewollt hätte. Sie stieg in die S-Bahn nach Friedrichshain. Ich schlenderte die paar Meter zum Hauptbahnhof. Ein Jäger ohne Beute ist Spaziergänger.
Tuuli schreibt mir heute noch Postkarten, wenn sie bei ihren Eltern in Hamina ist. Von unserem gemeinsamen Tag habe ich noch eine Serviette, auf der sie eine Zeichnung ihres Heimatlandes angefertigt hatte. Ich sah sie lange an, als ich quer durch die Republik nach Hause fuhr. Das gezeichnete Land auf der Karte bestand ganz aus weißem Zellfaserschnee. Als ich zuhause ausstieg, riss mich glücklicherweise eine freundliche, öffentliche Diskriminierung aus meinen skandinavischen Träumen, bevor diese zu einer Liebesgeschichte werden konnten: „Meine Damen und Herren an Gleis sechs! Herzlich willkommen am Nichtraucherbahnhof Köln.“

Tanz

Tanzen, Tango und Rumba, vor den kichernden Fenstern. Draußen sieht alles so gepuderzuckert aus, die Schneefräse rumpelt den Takt für uns. 1-2-Cha-Cha-Cha-3-4, schon wieder ein Schritt zu wenig. Unsere Liebe ist fingernagelneu.
Pause. Nass auf Denkerstirn und Kusshänden. Du liest mir Sätze von Rühmkorf vor. Ein Kellner bestellt etwas bei einem Gast. Verdutzt besorgt dieser das gewünschte Getränk mit operativer Hektik.
Wieder Tanzen. Du befasst meine Hand, 1-2, Komma-Absatz (auch der am Schuh)-3-4, die Hand am Wiegeschritt und an deiner schlanken Hüfte. Ich denke ganz kurz ans Küssen, aber meine Zunge ist trocken wie eine Landzunge in Nigeria, ich könnte Streichhölzer darauf entzünden. Draußen beginnt der Sturm, den Schnee Pirouetten schlagen zu lassen, Garten- und Kartenhäuser fallen um, aber wir merken nichts davon. Wenn ich dich berühre, ist es, als hätte ich bisher nicht geliebt. Wenn das ginge, würde ich mir dich intravenös geben lassen.
Wieder über deinen Fuß gestolpert, über Stock und Bein zerbricht jeder allein. Du fragst mich, woran ich gerade schreibe. Ich antworte, ich arbeitete gerade an meiner Antibiografie. Du meinst, ich tanze nicht gerade wie Nijinsky, nicht mal halbwegs so gut. Zur Strafe musst du mit mir Paso Doble tanzen. 1-2-Elfenbein-lockt-Diebe-an-und-3. Deine Elfenbeine gebe ich aber nicht her, auch wenn der Schlagzeuger schon Basedow-Augen nach dir macht.
Nächste Tanzpause, ich mache ein Polaroid von meinen wunden Füßen, die tragen sowieso nicht mehr lang. Ein Vortrag folgt, der Würgermeister der Stadt würdigt die Veranstalter, zwanzig Prozent der Einnahmen gehen an irgendein befreundetes Entwicklungsland, USA oder Frankreich, ich habe es nicht ganz verstanden. Er verspricht sich zwölfmal und seine Frau trägt ein lila Kleid von René LeModezard oder Karl Feldlager. Es kostet

mehr als die zwanzig Prozent einbringen.

Letzte Tanzrunde, mir perlt der Glücksschweiß von der Fieberstirn. Langsamer Walzer, wir walzen und walzen, 1,2,3,4,5,6,7,8 - doch nicht so gut wie die dicke Frau mit ihrem einsteingesichtigen Mann. Er erklärt ihr vergeblich den Unterschied von „scheinbar“ und „anscheinend“. Und sie will nur tanzen, Pardon, walzen!

Zu eng, wir tanzen viel zu eng, dein Mund flüstert ein „Willst du mich heiraten?“ eher beiläufig in meine Ohrmuschel, die übrigens genauso geformt ist wie die von Shell. Ich zögere mit meiner Antwort (wie man sich kettet, so flieht man ...), sage dann aber „Ja“. Die Musik erlischt zeitgleich mit den Lichtern, wir fahren nach Hause und brechen mal wieder eine Nacht übers Knie.

Altweibersommer

Und sie steht am Feld, die Ähren spielen Meer,
der wilde Mohn verbrennt
in der Abendsonne, den Kragen hochgeschlagen und
das Gesicht vom Wind gekränkt.

Wie konnte das passieren? Die Straßen sind jetzt leer,
die Freunde sind nach Haus gefahren.
Es ist das Ende der Saison, sie weiß das schon,
sie wusst' es schon vor vielen Jahren.
Die Hunde haben vergessen, wie das Bellen geht
und doch ist's anders
wie sie jetzt am Feldrand steht.

Und überm Feld ein roter Drachen.
Ein Opfer, denkt sie stumm für sich.
Der kleine Junge, der den Faden hält,
hält einen Resttraum damit über sich.

Und auf den Wiesen nah dem Weizen
legt sich Mariengespinst aufs satte Gras.
Und wenn sie es nicht besser wüsste, dächte sie,
dies bedeutet irgendwas.
Und langsam senkt sich übers Feld die Nacht
und sprachlos sieht sie:
Dieser Tag ist umgebracht.

Mit 17 hatte sie das Dorf so satt,
die Rettung hieß Amerika.
Doch damals kam sie nur bis Frankfurt raus,
letztens war sie mal im Urlaub da.

„Und jetzt", sagt sie, „ist's eh zu spät."
Und dabei streicht sie Spreu sich aus dem blonden Haar.
Altweibersommer ist schon Herbst, sie weiß,
sie weiß das schon seit vielen Jahren.

Kampfabsage

Es ist Montag, der 13. Dezember.
In Kuala Lumpur ist es mittlerweile verboten, die Scheidung per SMS einzureichen. Bis zum 6. August ging das noch. Das Rentiersterben nimmt auch zu. Dazu sollte man bedenken, dass Rentierbestände ohnehin in einem Zyklus von fünfzig bis hundert Jahren fluktuieren. Sie fressen konsequent langsam nachwachsende Flechten ab. Danach verhungern sie. Weder die Rentiere noch die Flechten lernen dazu. Hinzu kommt, dass heute, der 13. Dezember, der erste Tag ist, an dem ich nicht neben einer Frau namens Alexandra aufwache.
Angenommen das Leben wäre ein schlechter Kurzfilm, gäbe es darin herzzerreißende Rückblenden zu Gitarrenmusik, in denen wir verliebt im Gras tollten und uns mit Gänseblümchen über die Nasen streichelten. Am Ende des Films würde ich mir die ruhige Kugel, die er schiebt, durch den Kopf schießen. Aber ich bin kein Filmstudent und die Pubertät habe ich auch hinter mir.
Außerdem: Selbstmord ist in Filmen immer so einfach. In Wirklichkeit kostet es viel Überwindung. Das ist nicht so einfach wie bei Kalmaren, die sich umbringen, indem sie einfach einen ihrer Tentakel verschlingen. Soll ich mir etwa meinen Unterarm reinschieben?
Gestern hat sie mich verlassen, genauer: vor neun Stunden. Man sagt, es dauert in der Regel vier Monate, bis man über ein solches Scheitern hinweg ist. Der längste Film der Welt dauerte 85 Stunden und hieß „Kur gegen Schlaflosigkeit“ und die Milch läuft auch bald ab.
Heute früh habe ich eines ihrer Überreste gefunden. Es rutschte mir während des Schlafes in dem Mund. Ich sollte die Laken wechseln.

Es ist Dienstag, der 14. Dezember.
Heute Morgen orderte die Stadtverwaltung Hubschrauber, welche durch die Kraft ihrer Rotorblätter den Schnee von den Bäumen blasen sollten, da diese unter der weißen Last zusammenbrachen. Mir schickt keiner einen Hubschrauber.
Betrachtet man Dinge immer genauer, werden sie deutlicher, bis sie auf einmal nicht mehr das sind, was sie waren. Aber das ist der Augenblick, in dem sie erst zu dem werden, was sie sind. Es geht im Leben nie um das große Ganze. Es geht nur um Details. Um den rettenden Ausfall, um die Spekulationen nachbarschaftlicher Augenzeugengerüchte, um den Splitter im Auge des Betrachters und um den Zementhimmel des Ruhrgebiets, der jede Kleinigkeit mit Ehrlichkeit beleuchtet. Keine Sorge, ich werde nicht romantisch, unter den Dachpfannen dieser Stadt spielt sich auch nichts anderes ab als Frühling, Sommer, Herbst und Winter. Gut, manchmal bringt einer seine Mutter um, aber das ist schon alles.
Das schönste deutsche Wort ist Raureif, vielleicht noch helllicht. Ein Wort, das Blinde nicht erklären können aber durchaus verstehen. Helllicht wie Alexandras Haare, helllicht wie die Nächte, helllicht wie ein ausgewaschener Horizont.

Es ist Mittwoch, der 15. Dezember.
In Americus, einer Kleinstadt nahe Atlanta, Georgia gründete ein Mann namens Millard Fuller den Themenpark „Global Village“, ein künstlicher afrikanischer Slum mit Blechhütten und verseuchtem Brackwasser. Ein Dritte-Welt-Disneyland, statt Micky und Minnie Blähbauch und Brezel, die aber erst im Andenkenladen am Ende der Tour.
Dabei könnte der kleine Junge, dem das Lächeln für Misereor vergangen ist, sogar mein Bruder sein. Rechnen wir doch mal nach: Jedes Kind hat zwei Eltern, vier Großeltern, acht Urgroßeltern. Für die Zeit Karls des Großen ergeben sich für jeden von uns sechs Billiarden Ahnen. Es ist also im Hinblick auf das

Kommende jeder mit jedem zu diesem Zeitpunkt verwandt.
Es ist gar nicht mal anders, seitdem sie fort ist. Ein wenig leerer vielleicht. Ich stehe in meiner Wohnung herum wie ein Auto, das nur noch der Rost zusammenhält. Manchmal gehe ich zu Nutten, Kundendienst machen lassen.
Ich mache immer noch Filme. Und wie es sich gehört, drehen sich alle um Liebe. Um Liebe und Kunst, aber das ist ja dasselbe. Man könnte an dieser Stelle einfach mal ganz provokativ behaupten, das Kino sei tot, aber dann stellt man fest, es ist noch viel zu lebendig. An Auferstehung ist noch lange nicht zu denken.
Ich weiß, eine andere Hand ist jetzt mit ihrer zu einem Seestern verflochten. Vielleicht ist er Filmstudent, sogar seine Filzläuse sind bebrillt und sein Schwanz ist so winzig, dass er fast zu den inneren Werten gehört. Wenn ich Glück habe, holt er sich im Schwimmbad oder einem Päderastplatz auf der Autobahn munter mutierte Sackratten, die auf sie überspringen und ihr die Brüste zerfressen.

Es ist Donnerstag, der 16. Dezember.
Heute Morgen habe ich gar nichts gedacht. Wenn ein Mensch gar nichts denkt, so zeigt das Enzephalogramm weißes Rauschen, also hohe Aktivität!
Ich bin gar nicht mal so allein. Es gibt jetzt eine Uhr von Swatch, die mir permanent zu verstehen gibt, dass sie mich liebt. Apropos Zeit, 1978 erfanden die Deutschen das Uhren-Umstellen zum Energiesparen während der Ölkrise. Seit 1996 stellen alle EU-Staaten die Uhren um, aber wie erkläre ich einem überaus durchschnittlichen Amerikaner, dass die Zeit in höchstem Maße relativ ist und warum man Jesus zweitausend Jahre am Kreuz hängen ließ, obwohl er doch auferstanden ist. Nur soviel zur Polemik. Aber mal ehrlich, warum halten wir uns eigentlich an das von Papst Innozenz XII 1691 festgesetzte Datum des 1. Januars als Beginn für das neue Kalenderjahr. 1691!

Ist das nicht mittlerweile überholt? Ich feiere ab jetzt nach hinduistischem Kalender. Am 21. März beginnt für mich das Satya Yuga.[15]

Es ist Freitag, der 17. Dezember.
Warum sehe ich nicht aus wie ein Filmschauspieler? Ich könnte mit meinem Lächeln Engel angeln. Tja, Gott, den es ja gar nicht gibt, hat uns eben nicht alle gleich geschaffen, oder warum hätte sonst eine Schnecke nur ein Bein aber dafür 25.000 Zähne auf der Zunge?
Warum schreibe ich eigentlich noch. Schon 1984 hat ein Computer namens Racter eigenständig ein Buch geschrieben. Titel: „Der Bart des Polizisten ist halb konstruiert." War gar nicht schlecht.
Gestern bin ich zum ersten Mal diese Woche außer Haus gegangen. Endlich wollte ich mir ein neues Buch kaufen, aber ich scheiterte am Freche-Frauen-Regal. Warum gibt es kein Freche-Männer-Regal? Ist Feminismus nicht auch irgendwie männerfeindlich? Ich ließ die philosophischeren unter den Gedanken fallen und entschloss mich fürs Saufen. Da stand ich in dieser Kneipe, einsam wie eine Menschenmenge. Eine junge Frau sprach mich an, erzählte mir ihr Name sei Parabella, sie sei in der Frauennationalmannschaft für naives Schwimmen und ob ich nicht Lust hätte, mich ein wenig mit ihr auszutauschen. Ich sagte: „Austausch ist immer gut. Ansichten, Meinungen, Telefonnummern, Körperflüssigkeiten." Wir schliefen miteinander, sie, der abgestürzte Engel und ich der Filousoph. Erst am Morgen bemerkte ich, wie sehr ich ihre Flügel eingeknickt hatte. Aber was soll's. Engel mit Flügeln sind ohnehin nicht so toll wie Engel mit Händen. Beim Frühstück erzählte sie mir, sie würde gerade ihr Freiwilliges Soziales Jahr machen, was in ihrem Fall hieß, ein Jahr mit jedem Mann zu schlafen, dessen Gesicht aussieht wie eine missglückte Heimkehr.

Es ist Samstag, der 18. Dezember.
Heute Morgen fand ein Mord im Gehörlosenheim statt. Es gab nichts Brutales daran. Der Mord fand für Täter und Opfer in absoluter Stille statt.

Es ist Sonntag, der 19. Dezember.
Alexandra! Was ich immer noch am liebsten mache, ist die Tür zum Badezimmer zu schließen und heißes Wasser in die Wanne einzulassen, nicht um hinterher zu baden, sondern nur wegen des Dunstes im Bad und deines Namens, den ich auf den angelaufenen Spiegel schreiben kann. Und dann stehe ich da. Wie in einem schlechten Kurzfilm. In diesem würde sich mein Doppelgänger durch einen einfachen Filmtrick unabhängig von mir bewegen, seinen Finger an die Schläfe setzen, sich, und damit auch mich, erschießen. Und da beginnt schon meine Tragödie: Ein Spiegel fügt dem, was er spiegelt, niemals etwas hinzu. Da kann man so lange vor ihm stehen, wie man will.
Alexandra, ich bemitleide mich nicht selbst und ich mache dir keine Vorwürfe, nur im Moment fühle ich mich wie der Furz Gottes, wie eines der zwanzig Wörter, das die Lappländer für Schnee haben. Aber das Leben geht weiter, man muss sich nur daran gewöhnen. Herzen tendieren dazu, asynchron zu schlagen, da können sie jeden Seismographen fragen. Niemand liebt den, der ihn liebt.
Ich denke, ich bin auf dem richtigen Holzweg. Immer in Richtung Richtungsänderung. Außerdem: Nicht der Weg ist das Ziel, sondern die Frage, ob er sich lohnt.

Was gesagt werden könnte[16]

Irgendwie erstaunlich. Da schreibt ein Dichter ein Gedicht, das wird abgedruckt in der *SZ*, der *El País* und der *La Repubblica*. Politisch zu kurz gedacht und etwas täppisch, literarisch misslungen und eigentlich nicht der Rede wert. Aber der Redewert dieser neun Prosasätze entfacht einen Flächenbrand im Blätterwald und entlaubt ihn, die ganze Welt spricht über ein Gedicht. „Krass, der Grass! Wohl nicht ganz Dichter! Der war ja schon immer Nazi, und wenn er auch noch so kantig sozialdemokratisch daherkam, die Zeit feilt alle Runden glatt!" Entrüstung als Aufrüstung. Und das Feuilleton brüllt Judenhasser, SS-Scherge, Knobel-Becher-Preisträger! Und selbst Durs Grünbein ruft aus seinem tiefen Tal der lyrischen Bedeutungslosigkeit in der *FAZ*, dass „ihm die Worte fehlen". Ganz ehrlich. Darauf habe ich schon lange gewartet.
Stille Tage im Klischee. Genau die Feuilletonisten, die nicht merken, dass ich gerade Henry Miller verarscht habe, blasen ein paar läppische Strophen zur Streitschrift auf. Und Eli Jischai, der israelische Innenminister erklärt den Dichter zur Persona non grata und verhängt ein Einreiseverbot. Derselbe Innenminister sieht übrigens Einwanderer als Grund für Aids und Hepatitis, möchte Asylbewerber in Arbeitslager stecken, hält Homosexualität für eine Krankheit und möchte die Palästinenser am liebsten „ausradieren". Ohne Worte. Kein Kommentar. Aber ohne Worte kein Kommentar, und so kriegt der Dichter auch noch Beifall von der falschen Seite: von Neonazis und der staatlichen iranischen Presse. Wasser auf Mühlen der ansonsten so klugen Kritiker wie Broder und Droste, die doch wissen müssten, dass gerade dieser Abschaum immer auf den Zug aufspringt, der in Auschwitz und Birkenau hält.
Der Dichter selbst verteidigt sich ungewöhnlich wortarm und ungeschickt und spielt sich selbst in die Hände seiner Kritiker. Michel Friedmann schwingt wie so oft die steinzeitliche

Antisemitismuskeule und die *Welt* vergleicht Grass mit dem stammelnden Dummen August Sarrazin. Und das ist dann der Stuss, der um die ganze Welt gehört wird.
Um eins klarzustellen: Ich möchte das Gedicht nicht verteidigen. Es ist eitel, pathetisch, schwach gebaut und ungenau. Auch ich halte den „Maulhelden" aus dem Iran für einen der gefährlichsten Männer der Welt und für den weitaus bedenklicheren Aggressor. Und da gibt es noch mehr Schurken, in Pakistan, Nordkorea, Saudi-Arabien ... da ist noch Schuft nach oben. Und auch Bibi Netanjahu ist ein Mann, mit dem man Pferde quälen kann.
Ich möchte auch nicht den Urheber verteidigen, ich bin durchaus nicht seiner Meinung, aber auch ich frage mich, ob die Ankündigung eines aus Angst begründeten Erstschlages, ob überhaupt jegliches Säbelrasseln den Frieden sichern kann? Übrigens: Völkerrechtlich betrachtet ist ein Präventivschlag kein Verteidigungsfall.
Ich frage mich auch, ob Deutschland wirklich U-Boote, also Kriegsgerät, als Wiedergutmachung für die Verbrechen an den Juden verkaufen muss. Aber das ist ja keine Frage von Moral. Da geht es um Interessen. Eine Hand wäscht der anderen Geld und das war schon immer so. Rückblick: Thomas Edison war federführend in der Einführung des elektrischen Stuhls, damit sich sein Wechselstromsystem gegenüber der Gleichstrom Konkurrenz durchsetzen konnte. Nicht ganz so ferner Rückblick: Von den zwanzig Milliarden, die Angela Merkel, soweit ich weiß nicht von ihrem Privatkonto, an Griechenland überwiesen hat, bestellen die Griechen erst mal Eurofighter, Leopard-Panzer, Fregatten und, wer hätte es gedacht, U-Boote im Wert von zwei Milliarden, derweil griechischen Krankenschwestern der Lohn gekürzt wird. Die deutsche Blutbahn rollt wieder. Der Tod ist ein Exportmeister aus Deutschland.
Hier steh ich und könnte auch anders. Draufhauen! Abstrafen! Mich Empören!

Ja ja, meine Herren, ich weiß, die Welt ist nicht so einfach. Abschreckungsmaßnahmen haltet ihr für friedenssichernd und Weltmächte ist deshalb ein Plural, weil das Wort Weltmacht nie die ganze Welt einschließt, sondern nur einige Regionen.
Ja ja, meine Herren, ich weiß genauso wie ihr, dass es überhaupt nicht um Juden und Araber geht, sondern um Vorherrschaft, um Grenzen und Ölreserven.
Und, meine Herren, wenn wir ganz ehrlich sind, dann interessieren sich nicht mal zehn Prozent der Deutschen für Günter Grass oder Israel und höchstens dreißig Prozent ernsthaft für Politik. Neunzig Prozent der Deutschen wollen einfach nur in Frieden leben. Die gleiche Prozentzahl ergaben übrigens Umfragen in Israel und im Iran.
Zugegeben, ich bin naiv. Ich bin dünnhäutig, ich bin kein Skorpion, der kommt bewaffnet auf die Welt. Ich habe nur einen Bleistift, um mich gegen Langstreckenpamphlete zu wehren.
Aber ein Mensch ist das, was er will und ich will einfach nur Frieden. Zwischen Iran und Israel, zwischen Israelis und Palästinensern, zwischen Juden, Christen, Schiiten, Sunniten, Weißen, Schwarzen und vielleicht akzeptieren die auch noch einen aufgeklärten Humanisten. Ich will, dass sich Länder nur im Fußball messen und nicht in einem Elfmeterschießen mit schwerer Artillerie.
Manchmal, wenn ich vom Schreibtisch aufstehe, stelle ich mich einfach am Hauptbahnhof vor knutschende Pärchen und starre sie minutenlang an. Dann denke ich: Diese Welt ist schön.
Diese Welt ist so schön, weil es in ihr noch Kastanien, Schnee und einen neuen Morgen gibt, weil der Rummel um ein schlechtes Gedicht uns Schreiberlingen das Gefühl gibt, dass uns ja doch noch jemand zuhört. Und dann besiegt auch noch eine blutjunge Truppe aus dem Kohlenpott die Quasi-Nationalmannschaft aus München.
Diese Welt ist schön und ich möchte sie erhalten wissen, und wenn Sie mich fragen, ob das Experiment Mensch noch ein

wenig weitergehen soll, dann würde ich antworten: doch. Ja. Ich glaube an die Menschen. Oder wie Gallileo heute sagen würde: Und sie bewegt sich – noch!

Kleinigkeiten

Ganz Selbstverständliches. Zum Beispiel, dass ihre Socken die Füße durchscheinen lassen. Dass die Locke, die sie mit Daumen, Zeige- und Mittelfinger dreht, gekräuselt stehen bleibt. Dass der Winkel ihrer angezogenen Beine jenes gleichschenklige Dreieck erzeugt, welches man in der Geometrieprüfung nicht berechnen konnte. Dass das Grün ihres Pullovers mit dem des Sofas übereinstimmt, obwohl dieser Vergleich mit einem schäbigen Möbelstück wenig schmeichelhaft ist, doch sogar die abgewetzten Stellen scheinen ihr Duplikat an den Teilen ihres Armes zu finden, an denen die Haut durchscheint.
Manchmal naheliegende Dinge, wie die Stellung ihrer Hand am denkenden Kopf, die dem angelegten Flügel einer Taube ähnelt - greifbar nahe Evolutionstheorieansätze, auch wenn man nie verstehen wird, warum Menschen mit diesem Organ der Ohren gestraft sind, die sich, im Gegensatz zu den versteckten der meisten Tiere, zu riesigen Muscheln an beiden Seiten des Kopfes entwickelt haben.
Manchmal fällt einfach nur auf, dass ein Blatt Papier noch nicht vollgeschrieben ist.

Gedankengang

Ich würde mir gerne einmal durch den Kopf gehen. Was würde ich da finden? Womöglich einen Wald, den ich bislang vor lauter Träumen nicht gesehen habe. Ich springe durch die Natur, werfe vor Freude meine Arme in die Luft und fange sie wieder auf ... womit eigentlich?

Und plötzlich öffnet sich zwischen den Fichten und Tannen eine Tür und heraus tritt die kleine Einstein-Figur aus der Microsoft-Word-Hilfe von Windows 98 mit der gelben Tasse und sagt:

„Grüß Gott!"

„Ja, sag mal, wer bist denn du?"

„Na, wie sehe ich denn aus? Ich bin der Steini. Ich bin dein Gewissen. Ich sorge dafür, dass du dich auch ab und zu mal sorgst, dass du dich um wichtige Themen kümmerst und nicht nur blöde Wortspiele machst wie:

‚Eine Träne geht auf Reisen/
zwischendurch muss sie mal scheißen.'

Ja, ich weiß, du hast eigentlich einen ganz feinen Humor, man könnte auch sagen, die Pointen sind etwas dünn. Was hast du hier eigentlich in der Oberstube verloren? Na ja, wenn du schon mal hier bist, hast du irgendeine Frage?"

„Ja, was ist eigentlich aus Karl Klammer geworden?"

„Ach, die Klammer haben wir ausgemustert, die wurde wegrationalisiert, die ist jetzt Heftzwecke am Schwarzen Brett einer Grundschulkantine. Rocky, den blöden Hund haben wir einschläfern lassen und der Zauberer hat sich selbst aus dem Staub gemacht. Jetzt bin da nur noch ich. Und jetzt Schluss mit dem Gelaber, wir müssen alle an die Arbeit, zerbrich dir bitte den Kopf zu einem wichtigen Thema, wir können ihn ja anschließend wieder eingripsen. Los, mach dir Gedanken, zum Beispiel über die Frage: Wie kann man die Armut der Welt bekämpfen? Ganz sicher nicht, in dem du dir ein Alibi-Patenkind bei

Misereor zulegst."
In diesem Moment öffnet sich wieder die Tür und ein kleiner somalischer Junge winkt heraus: „Hello, this is Africa! If you need children, we make you good price!"
„Ich hab jetzt auch ein Patenkind", sagt Einstein, „in Brandenburg. Der kleine Siegfried. Das war nett, ich kam da an in Neuruppin, hab erst mal Kaffee getrunken auf dem Marktplatz, schöne Grünanlagen dort, drei Brunnen, 22 Nazis und eine Ulme ... fällt dir dazu was ein?"
Ich sage: „Nein, weißt du, Steini, in letzter Zeit habe ich eher Literatur über Literatur gemacht. Du weißt ja, die Feder ..."
„Die Feder ist mächtiger als das Schwert! Ja klar! Vor allem die Sprungfeder an einer Handgranate. Deutschland ist immer noch der drittgrößte Waffenexporteur der Welt. Zum Beispiel an unseren Lieblingsabnehmer Saudi-Arabien. Prima Land, eine absolutistische Monarchie eines salafistischen Scheichs, jährlich werden um die 150 Leute enthauptet, auf dem Weltverfolgungsindex für Christen liegt Saudi-Arabien auf Platz zwei hinter Nordkorea. Aber unserer Pfarrerstochter Angela und Gauck, der Freiheitsstatue vom Rostocker Hafen, scheint das entgangen zu sein. Solange die unsere Waffen kaufen, kriechen wir denen bis zum Terror-Anschlag hinten rein. Und die eine Hand wäscht die andere in Unschuld. Und da frage ich mich doch: Wenn eine Hand die andere wäscht, heißt das nicht, dass diese Hände schmutzig sind?"
„Das kommt darauf an, welche Hand das Geld hält, Steini! Aber bist du da nicht etwas hart? Ich hab doch gelesen, dass immer weniger Waffen produziert und verkauft werden, das ist doch eine tolle Entwicklung."
„Tja, Lügen haben kurze Beine und Landminen machen welche. Es werden nur weniger Panzer, Gewehre, Granaten hergestellt, weil auch die Rüstungsindustrie im 21. Jahrhundert angekommen ist. Die entwickeln jetzt Viren und Trojaner für den Cyber-Krieg."

„Deutschland ist eben ein Exportland, Steini, wir leben davon, Dinge zu verkaufen. Stahl, Kohle, Waffen, unsere Seelen."
„Oh je, oh je! Mit solchen Gags willst du mal Dichterfürst werden? Wie der Goethe! Immer genug zu fressen und in jedem Hafen 'ne andere Nutte, was?! Ja, verdammt nochmal! Jetzt mach dir endlich Sorgen und gehe auf die Bühne! Dein Herz muss eine Faust sein, die alles kaputtschlägt, was an diesem Land nicht stimmt, an dieser Grube, diesem Schacht namens Deutschland, deinem Wortstollen, aus dem du immer zu viele Sätze und zu wenig Kohle förderst, dessen Zeche, in die du steigst, auch mal prellen musst. Oh Deutschland, das gelobhudelte Land, Land der Dichter und Denker, der Schlichter und Lenker. Wiege der Kant'schen Aufklärung und Weltzentrum der Missgunst, gebenedeit sei die Frucht deines Neides. Hier bin ich Mensch, hier krieg ich klein! Deutschland, ein Land so unwichtig, dass es nicht einmal einen Artikel hat. Obwohl, welches Land hat schon einen? Die Schweiz, der Kongo, der Iran."
„Du Steini, das war jetzt aber auch ein Kalauer."
„Darum geht es doch nicht. Sondern darum, dass du deinen Bleistift und deine Zunge anspitzt und etwas schreibst! Dass du etwas tust! Außer bei Politkern werden Menschen für die Tat und nicht für deren Unterlassung bezahlt. Wenn die Feder ein Schwert ist, dann sei du ein Krieger des Pazifismus, ein Partisan der Liebe!"
Und ich sag: „Dir ist klar, dass das gleich zwei Oxymora auf einmal waren?"
„Ja, Sapperlot! Fällt dir denn nichts Gutes ein?"
„Nun, Kant war der Ansicht, dass es nichts gibt, was wir grundsätzlich als gut bezeichnen können außer dem guten Willen. Aber vielleicht ist es das, Steini! Weiß du, ich will gar nicht kämpfen, falls ich so etwas wie ein Soldat bin, dann höchstens so wie Eschenbachs Parsifal, der unter seiner Uniform ein Narrenkostüm trägt. Und auf meiner Gürtelschnalle steht auch nicht wie bei den Kreuzrittern DIEU LE VEUT – Gott will es,

sondern MOQUERIE LA VEUT - Spott will es!
Du hast es leicht, Steini! Am Ende aller Zeiten werden sich immer noch alle Menschen an dich erinnern, an Heine, Goethe, Gandhi, Martin Luther King. Euer Pulsschlag wird die Erde weiter antreiben. Mich bringt jeder Tag näher an die eigene Bedeutungslosigkeit, nicht die Zeit vergeht, sondern ich. Und mindestens ein Drittel meines Lebens habe ich schon verprasst. Was mich weitermachen lässt? Ein guter Wille. Wenn der lange genug ausreicht, mir genug große Damen und Herren auf den Reim gehen, meinen Gewissenswald ein kleiner Einstein und meine Seele eine Messerspitze Schneid beschützt, die mir keiner abkauft, dann, Steini ... ja, dann war vielleicht auch ein Text von mir ein Herzschlag Zeit in dieser Ewigkeit."

Mundraub

Und jetzt die letzten Worte von Victor Hugo: „Ich sehe schwarzes Licht."
Um mal eins klarzustellen: Sprache ist kein Ausscheidungsvorgang, sondern das, was uns Menschen von Michelle Hunziker unterscheidet. Was nützt eine Figur wie eine Sanduhr, wenn man nicht merkt, dass immer alles von oben nach unten durchrieselt?
Früher habe ich mal gedacht, Politiker, Schauspieler, Komiker, Leute, die im Fernsehen auftreten und Vorbilder für unsere Kinder sein sollen, die gehören zum sprachlichen Hochadel, die sind in der A-Liga der Witzeerzähler. Die sind dabei, bei den olympischen Sprachspielen! Heute schalte ich das Fernsehen an und denke ich schaue semantische Paralympics.
Die begehen alle Mundraub, das heißt sie beklauen unsere deutsche Sprache und was davon übrig bleibt, ist ein Deutsch für Dummies, für das uns sogar Naturvölker auslachen würden. Jauser, Jauser! Je unterforderter das Publikum, desto lauter scheint es zu lachen. Aber gut, Lachen ist ja auch eine Schockreaktion. Japanischen Kindern wird beigebracht, dass sie lachen sollen, wenn der Lehrer sie anschnauzt, um sich von dem Schock der Schande besser zu befreien. Und so ist es auch bei uns. Der Witz kommt bei unserem Gehirn an und das denkt sich: Das ist so blöd, da muss ich jetzt lachen, sonst werde ich möglicherweise implodieren.
Sophokles hat den Satz gesagt: „Vergnügen bringt das Leben, wo Weisheit fehlt." Und das wollen wir ja. Uns amüsieren. Nachdenken ist blöd und bringt eh nichts, weil die Welt sowieso im Arsch ist, wenn schon die Bildungsministerin ihre Doktorarbeit abschreiben muss. Übrigens war ihr Thema „Das Gewissen", interessant, nicht?
Na ja, dann ist es auch egal, dass in Deutschland immer weniger Geld in Bildung gesteckt wird, dafür wird ein neuer Flughafen

in Berlin gebaut, der sofort wieder pleite ist, weil man nicht darüber nachgedacht hat, dass sich neben den geilen Konsummöglichkeiten und den Mallorca-Bombern auch noch die Notausgangstüren öffnen lassen und die Rolltreppen nicht ins Nichts führen sollten. Ein Philosophiestudent würde so etwas gedanklichen Offenbarungseid nennen, wenn nicht in Deutschland die Philosophiestudenten auch immer dämlicher werden würden. Laut einer Studie gibt es in Deutschland als einzigem Bildungsland immer weniger Uniabsolventen. Das heißt, unsere Philosophiestudenten beschauen sich die Welt von allen Ecken und Winkeln und sind zu blöd, festzustellen, dass es sich um einen Kreis handelt. Und warum? Weil die Regierung kein Geld für Bildung ausgeben mag, für ausreichend gute Dozenten, für eine anständige Schulbildung unabhängig von sozialer Herkunft, etc., weil wir das Geld in Flugplätze, Banken und bestenfalls in Wirtschaftsakademien stecken, denn die Studienabsolventen von morgen sollen nicht nur alle 17 Jahre alt sein, sie müssen auch nicht wissen, dass die Welt rund ist, sondern nur dass das Geld sie rotieren lässt.

Und wir schauen weiter in der Röhre. Dort gibt's Dschungelcamp als Abschiebehaft für ehemalige Fast-Promis, wir haben immer noch zehn Millionen Casting-Shows, in denen arme, kurzberockte und glitzerbehoste Jugendliche ihren Stimmbandkatarrh vor die Tür lassen, in der Hoffnung, nach einer Woche Charterfolg genug Geld für das eigene Taxiunternehmen zusammenzuhaben und einmal im Jahr zur Autogrammstunde in ein Kaufhaus in Gera oder Halle tippeln zu dürfen.

Bei „Donnerlippchen" in den Achtzigern gab es wenigstens noch absurde Ideen wie den „Prominenten im Sack". Apropos, ich finde die Idee immer noch ganz toll. Mir fallen einige Prominente ein, die würde ich gerne in einen Sack stecken, schalldicht zubinden und dann werden sie von einem Entsorgungsunternehmen der GEZ abgeholt und in einem Medienendlager tief in einer Salzasse in Niedersachsen entsorgt. Und irgendwann taucht bei ihnen dann der schwarz gekleidete ewige Lebensmittelkontrolleur mit der Sense auf und sagt: „Mein lieber Detlef Soost, mein lieber Stefan Raab, mein lieber Solange-ein-Mikro-da-ist-spreche-ich-auch-rein-Thomas Gottschalk, jetzt ist Schluss mit dem ewigen Gelaber, ihr erzählt jetzt keine Witze mehr in unserem lustigen Funkhaus, jetzt wird die Erzählbude zugemacht!"

Und dann ist erst mal Ruhe. Und dann kommt nach meinem Auftritt immer ein Comedian zu mir und sagt: „Du nimmst mir die Worte aus dem Mund." Und ich sage: „Nee, da müssen erst mal halbwegs vernünftige Worte drin sein, bevor ich sie dir rausnehmen möchte."

Und jetzt die letzten Worte von Paul Claudel: „Doktor, glauben Sie, dass es die Wurst war?"

Unsere Sprache verödet nicht, sie verdorrt unter dem brennenden Licht unserer Monitore. Bei Twitter hat man nur 140 Zeichen, um einen Gedanken zu formulieren. Denkaffine Menschen, wie Adorno oder Hegel hätten da gerade mal die Überschrift fertig, der durchschnittliche 14-Jährige fragt sich bei 140 Zeichen: „Was soll ich denn da alles schreiben?" Und nach zwei Stunden Überlegen kommt er dann drauf: „Bin jetzt Kacka, bis gleich." Was auffällt, ist auch, dass das „Ich" immer weggelassen wird. Man schreibt nicht „Ich bin jetzt Kacka" oder gar die grammatikalisch richtige Form „Ich mache jetzt Kacka", sondern einfach nur die vermeintliche Statusmeldung „Bin jetzt Kacka", weil ich mir nicht mehr sicher bin, ob ich das wirklich bin, der jetzt Kacka muss oder nur das Medium bin, welches diese Behauptung ins Internet stellt, die erst dann zur digitalen Wirklichkeit geworden ist, wenn ich twittere: „War jetzt Kacka". Obwohl, streng genommen, „Bin jetzt Kacka" ja gar keine Handlung, sondern einen Aggregatszustand beschreibt, aber da will ich jetzt nicht weiter drauf eingehen.

Wir haben kein denkendes Ich mehr. Wir haben das Ich abgegeben. „Ich" kommt nur noch vor als Ich-Telefon und Ich-Pad.

„Ich denke, deshalb bin ich ein iMac“ war mal ein Werbeslogan von Apple und der sagt uns heute mehr denn je: „Du musst dir nichts merken, dummes Menschlein. Wenn du wissen willst, was Freiheit der Gedanken bedeutet, dann frag Gott ... äh, Google und ich biete dir dann zweihundert ähnliche Produkte zum Kauf an.“ Wir haben die Computer mal gebaut, damit sie uns helfen, die Welt leichter zu machen, und jetzt kaufen wir unseren Computern und Handys Filzumschläge und streicheln sie, anstatt auf ihren Tasten herumzuhacken. Wer ist hier eigentlich für wen da?

Und jetzt die letzten Worte eines Börsenmaklers: „Kaufen, alles kaufen!“

Auch, wenn wir es manchmal nicht wahrhaben wollen: Das Gehirn möchte ja denken. Und wenn sich Leute hinsetzen oder -stellen und mir im Fernsehen oder auf einer Bühne oder sonst wo etwas erzählen, dann möchte ich, dass die vorher gedacht haben. Denn sonst stehlen sie mir nur meine Zeit. Und die ist vielleicht nicht immer Geld, aber immer kostbar.

Und jetzt: Die letzte Statusmeldung vor dem Ende des Textes: „Bin denken. Bis bald.“

3. GEDICHTE UND BLEIBDICHTE

Was ist das Leben?

Möchtest du ein A kaufen?
Nein, wer A kauft, muss auch B kaufen und vielleicht war A schon Ramsch. Ich brauche schon ein ganzes Alphabett, in dem ich wachen kann und an deinem Brustkorb mein absolutes Gehör weiterhin darin schule, die Zwischentöne deiner Herzschläge zu einer Sündfonie zusammenzusetzen.
Was ist das Leben? Was ist Literatur?
Denk nach, nach dir wird es keiner mehr so denken. Such einen sinnvollen Satz, aber ist nicht der Sinn voll mit gedankenlosen Sätzen, also Gedanken, los! Los! Da steppt die Decke! Das versteht die Kuh im Muh und die grast auf einer schönen Augen-Weide
Bin ich gegen Kultur? Nein, ich bin Gegenkultur! Ich bin übrigens auch gegen ständliche Malerei und gegen Wind. Ich bin nämlich nicht der Heiße-Luft-Ballon, ich bin der, der unwettert und im Rau reift, ich hebe lieber meinen Wortschatz aus dem Silbensee und mit dem Geschmeide schmücke ich meine Sätze, so dass an ihrem Ende keine Punkte, sondern Dukaten leuchten. Ich will meine Neurosen gießen, damit ihre Stilblüten sich dem Augenlicht öffnen. Ich will die Unsicherheit absichern. Ich bin ein Bumerang, den das Publikum zum Wolkenkratzen in den Himmel wirft und der einen Augenblick zögert, bis er zurückkehrt, weil er den Ernst des Schwebens so genießt.
Was ist das Leben? Einfach nur Geld verdienen und dann auswandern? In die Schweiz? Nach Barland? Oder ins Parlierment? Schau sie dir doch an, die Herren und Damen, alle auf

Phrasenjagd, alle gekleidet in ihrer traditionellen Niedertracht, ich hingegen kleide mich schlicht – in Worte.
Die einen sind im Dunkeln, die anderen sind im Licht und die im Dunkeln munkeln, die sieht man wieder nicht.
Aber ich bin immer noch ein wendiges Übel und Mundwerk hat ja goldenen Boden. Und ich habe ein paar kräftige Rosskuren vor die Retourkutsche gespannt. Das hat ja scheugeklappt. Euer Pferd ist bereit. Ich bin der Bereiter. Ihr seid gescheit und ich bin gescheitert. Ihr sagt nur „Yo", und ich rufe: „Joker!" Ihr seid das Volk und ich bin der Volker, na gut, das nicht! Aber ihr seid der Euro, ich bin Europäer!
Missversteht mich bitte recht: Was ist das Leben? Und wann hat es dich überholt? Bist du einfach beim Rennen stehengeblieben? Dann denk los, wer rastet, der kostet. Denk nach und bleib nicht in deinen Schranken, denn die größten Vordenker hatten nur Hintergedanken. Wirf einen Blick nach vorn im Zorn und pfeife auf dem letzten Noch, Schreiben ist der Fleiß der Freiheit und es ist nicht leicht, deshalb lässt du es leicht bleiben. Die anderen wie aus dem Ei gepellt und du siehst aus wie die Schale, aber wer ein A kaufen will, muss auch das Zechen-Z zahlen als Einsatz in der Wortspielbank.
Also: Nichts geht mehr! Und wenn wir schon A sagen, dann werfen wir doch gleich unsere Manuskripte von uns und vereinigen uns, indem wir uns alle umarmen und gemeinsam das Waldorf-B sprechen! „Ich schaue in die Welt" steht auf dem T-Shirt dieses Mannes, seine Freundin heißt Ina und er heißt Johannes. Und jetzt machen wir uns frei von den Gedanken und tanzen los: Ajaja Koko Jambo Ajajajey. Steigen Sie ein, meine Damen und Herren, die nächste Fahrt beginnt. Jedes Hoffnungslos gewinnt! Und für die ganz Kleinen haben wir das Garaus-sell! Mein Kopf ist ein Rummelplatz. Ich verkaufe euch Druckerwatte und Kopflose! Tanzt! Denkt nicht an morgen, sagt die Eintagsfliege. So dumm kommen wir nicht mehr zusammen. Orgasm on the Dancefloor! Und ein Donkosakenchor brüllt mir

ins Mittelohr: „Euphooriaaa!"
Aber das Leben ist nicht nur Euphorie! Euphonie! Keine Party! Wir spielen auf Erden nur einen Part! Iih! Sprich bloß nicht vom Tod, und wie die Zeit verrinnt, da kriegt sogar die Uhr Angst! Nimm lieber wieder dein Manuskript zur Hand und frage dich angesichts der Zeilen, wie macht dich die Sprach' mächtig und wie verdiene ich mit Versen Geld?
Und dann treffen sie mich wieder. Die Worte, wie ein Faustschlag, wie ein Torpedo oder wie ein Kuss. Wohl dem, der sich noch von ein paar Sätzen treffen lässt! Und ich und all die klugen Sprengköpfe werden niedergestreckt von Schwerpunkten, Standpunkten, Brennpunkten, auch Tiefpunkten und doch bringt jeder Punkt Vorteil und ich schleppe mich in einen ABC-Schützen-Graben und schieße mit Tintenpatronen auf die Zielschreibe, bis über dem Bullseye statt TILT der Satz erscheint: Was ist das Leben?
Ich möchte euch so viel sagen, vor allem Metaphern, und was ich sagen muss, daran kann ich nur scheitern, aber scheitern und gescheit haben denselben Wortstamm und gehören zusammen wie Ebbe und Mut. Ach, die gescheiten Gezeiten!
Also Gedanken, los! Sprach los! Leb los! Schreib einen Haupt-Satz, Grund-Satz, einen Zins-Satz, der den Leuten einen Mehrwert bringt. Mein Schreibtisch ist immer noch ein Kopfkino und die DINA4-weiße Reinwand wird zur Reimwand und kriegt einen Weinrand, weil ich immer noch verzweifelt versuche, den Leuten klarzumachen, dass Literatur nicht dort ist, wo am lautesten gelacht, sondern wo am lautesten gedacht wird. Also: Erschaffe einen Satz, der das ganze Leben auf den Scheitelpunkt bringt, der dem Prüf standhält, aber du, den Duden habe ich von vorne bis hinten gelesen, da ist keine versteckte Geheimbotschaft, die Worte erzählen einem nichts. Sätze muss man erschaffen und das muss man erst mal schaffen. Du musst einen Satz erschaffen, bevor er dich schafft, einen kühnen Satz, der den Menschen Hoffnung gibt, der sie ausharren lässt, was

zählt, ist das lyrische Du. Nimm mich bei der Hand und beim Wort. Und wenn wir dann so stehen, du und ich in feinem Hirn, dann fällt dir auf und später auch ein und es fällt dir wie Stern-Schnuppen von den Augen, dass von allen sagbaren Sätzen der kühnste immer noch das Schweigen ist.

Erwachsen werden

Früher
endete jede Flucht
in den Armen der Mutter
wir lachten ungefragt
auf allen Fotos
und gelbe Straßen führten
immer
nach Hause

Und nun platzt das Blattgold
von den Weihnachtsgesichtern
die Märklin angekommen
Schulhefte endgelagert
und
aus unserem Sandkasten
zimmern wir schon
einen Sarg

Entscheidungen

Der König wirft Bumerangs
Die Prinzessin ihren Schatten in den Weiher
Aktenkofferträger hängen sich an ihren Schlipsen auf
Eine Dame verspielt sich beim Schach
Im Eifer des Geschlechts verlässt sie ihren Mann

Jeder weiß, was er zu tun hat,

nur ich bin unentschlossen
wie ein Zettel
auf dem „Zutreffendes bitte ankreuzen" steht.

Wovon wir reden

An diesem Dienstagabend band sich Richard die Krawatte etwas enger. Er stand vor dem Spiegel im Schlafzimmer und betrachtete beim Suchen nach dem perfekten Knoten Annas Kleider, die wie ein Berg von Leichen auf dem Bett in seinem Rücken gestapelt waren. Anna selbst hatte sich für eine völlig andere Abendgarderobe entschieden und schminkte sich im Badezimmer mit vorsichtigem Strich die Augenlider.

Mit leisem Brummen ärgerte sich Richard über die erneut misslungene Schlaufe.

„Ich weiß, du hast keine Lust hinzugehen“, tönte es aus dem Bad.

„Ich habe doch gar nichts gesagt.“

„Dein Knurren!“

„Nicht deswegen.“

Sie begann, die Lippen rot zu färben und versuchte, mit dem geöffneten Mund die Konversation weiterzuführen.

„Esch ind nunnal unsre Freunde.“

„Was?“, er fragte nicht nach, weil er es nicht verstanden hatte, sondern um es sich selbst klarzumachen: „Ja, es sind unsere Freunde und diese Verlobung ist ein wichtiges Ereignis.“

Fertig geschminkt trat sie zu ihm ins Zimmer.

„Du hast die Krawatte ja immer noch nicht an.“ Er schnaufte und versuchte, das Thema zu wechseln.

„Kann ich deine Kleider in den Schrank räumen oder willst du sie noch mal durchprobieren?“

„Bind du deine Krawatte!“ Sie schichtete die Kleiderberge auf zwei gleichmäßige Haufen, wenn auch nur, um auf dem freigewordenen Bettrand Platz zu nehmen. Sie sah ihm ein paar Minuten bei seinem Kampf mit der dunkelblauen Seide zu, bis er die Hände sinken ließ.

„Ich kann mich nicht konzentrieren, wenn du mir dabei zusiehst.“

Sie versuchte, ihn zu beruhigen: „Was hast du denn? Es sieht doch gut aus."
„Nein, es ist nicht symmetrisch."
„Symmetrie ist Schönheit für Idioten."
Diesen Satz hatte sie aus einem Fehlfarben-Booklet und brachte ihn so oft wie möglich als Entschuldigung an. Er schwieg beredt wie das Cover zu XTCs „English Settlement" und schob seinen Kragen in alle erdenklichen Richtungen. Als sie bemerkte, dass er auf ihren Angriff nicht einging, stand sie auf und durchwühlte die Kommode.
„Was meinst du, soll ich heute die langen Goldohrringe tragen?"
„Mir egal."
„Wieso ist es dir egal?"
„Weil es mir egal ist." Der letzte Knoten schien zu passen, er wollte nicht abgelenkt werden.
„Dann ziehe ich sie nicht an, hörst du?"
„In Ordnung, mir haben sie sowieso nie gefallen."
Sie betrachtete die herausgesuchten goldenen Speere eingehend.
„Du hast sie mir doch geschenkt."
„Weil du sie haben wolltest." Sie schwieg. Stolz auf sein vollendetes Werk strahlte Richard sich im Spiegel an. Endlich konnte er die Schuhe anziehen und diesen Pflichttermin hinter sich bringen.
„Du willst doch nicht etwa diese Schuhe anziehen? Die passen überhaupt nicht zu den Socken. Glaubst du etwa, ich nehme dich so mit?"
„Wenn nicht, bleibe ich einfach hier. Ich möchte ja nicht, dass du dich für mich schämen musst."
Insgeheim hoffte er, sie möge ihn von dem heutigen Abend freisprechen, doch wusste er auch, dass sie ihm das nicht verzeihen würde. Entsprechend aggressiv war ihre Antwort: „Hör mal, wenn du nicht hingehen willst, dann bleib doch einfach hier und ich erfinde eine Ausrede."
„Ich freue mich auf heute Abend, ob du es glaubst oder nicht."

Sie ersparte sich einen Kommentar zu dieser offensichtlichen Lüge und versuchte erneut, das Thema zu wechseln:
„Und wenn ..."
„Ja", wurde sie von ihm unterbrochen, „ich weiß, ich könnte hier bleiben, ich könnte mich auch hemmungslos auf der Party betrinken, so dass du mich nach Hause fahren müsstest. So wären wir beide befreit."
Fertig gekleidet baute er sich vor Anna auf. Seine Augen fragten sie nach seinem Erscheinungsbild.
„Du siehst toll aus", raunte sie. Er grinste und deutete ihr an, zu gehen.
„Gib es zu, du wirst mit keinem auf der Feier sprechen, habe ich recht?" Er blickte vergnügt zu Boden. „Ich kenne dich doch. Nicht mal mit mir wirst du heute Abend reden, oder? Wenn du nicht reden willst, willst du einfach nicht! So ist das! Manchmal glaube ich, du möchtest mit überhaupt niemandem mehr reden."
Sein Mund wurde breiter und seine Zähne kamen zum Vorschein.
„Weißt du, was ich am meisten mag? Das, wovon wir reden, wenn wir nicht reden."
Sie stimmte in sein Lächeln ein und fragte: „Können wir jetzt gehen?"
„Ja", antwortete er, „ja."

Würfel

Alea iacta est ..., und zwar mir auf den Kopf. Ein Freund rief mich am Montag an, ein Alt-68er mit kurzen Haaren, Mecki-Style, spricht nur in APOrismen. Er stellte die These auf, Odysseus wäre nur ein Handlungsreisender und der Luftschutzsirenengesang, der heute noch auf der A81 Richtung Stuttgart verführt, sei nicht halb so erfolgreich, wie die drei eitlen Damen meinten.
Der gleiche Freund erzählte mir gestern von der letzten Regatta der Mauer-Segler, ein bis heute wenig geachteter, da blutbrünstiger Sport, jedoch von höchster Präzision und Grazie. Er meinte außerdem, dass die Christbaumindustrie mehr Geld in einem Jahr macht als die gesamte Musikindustrie ...
„Alea iacta est", sagte ich und kratzte deprimiert die Sieben vom Würfel.

Lichter Moment

Sie sagte:
„Wusstest du wie gelb
ein Herbstblatt sein kann?“
Während mir das Badewasser
ihren Leib ersetzte.

Ich maß dem keine
große Bedeutung zu
bis ich gestern Abend,
sieben Jahre später,
aus der Wanne stieg
und dachte:
Ein gelbes Blatt
das ist schon Glück
genauer betrachtet.

Abberation

Scheinbar sind wir echte Helden
Nicht fürs Untergehen bereit
Festgeklemmt an unserem Zweifel
Spötterfest und traumbefreit

Um uns herrscht nur dumpfes Dunkel
Sternausfall, kein Kerzenlicht
Mit Asbest beschlagene Köpfe
Leer vielleicht, doch dafür dicht

Vielleicht bleibt uns nur das Schweigen
Stillstand auf dem Trommelfell
Hoffnung auf die zarten Gesten
Nicht zu fest und nicht zu schnell

In uns liegt das Unverdaute
Doch das stört mich nunmehr nicht
In den Armen meiner Liebsten
Hat kein schweres Wort Gewicht

Wie es weitergeht

Du trittst aus der Hütte, die du gemietet hast, um dich endlich auf deinen Roman zu konzentrieren. Der Bleistift in der rechten Jackentasche ähnelt den Eiszapfen, die vom Dach zur Erde streben. Einen brichst du ab, nimmst ihn in den Mund. Er ritzt eine winzige Wunde in deine Zunge.
Auf dem Spaziergang, so hoffst du, wird dir die letzte Wendung einfallen, die der Geschichte um den Bildhauer, dem als Strafe für den Diebstahl zweier Granatäpfel die Hände abgehackt wurden, den letzten Schliff gibt.

Als sie mir die Hände nahmen, donnerten die Glocken zur Frühmesse, in der sie den Heiligen Rochus anflehten, er möge sie vor der Pest verschonen. Sie trugen mich nach Hause und warfen mich in das Bett. Ein Arzt vernähte die Enden meiner blutenden Stümpfe. So verbrachte ich den Winter, dieses sechsmonatige Sterben, bewegungsunfähig in einem durchgeschwitzten Laken. Ich glaubte, an der Reglosigkeit verrückt zu werden, wären nicht die kostbaren Minuten gewesen, in denen meine Frau die Samtschlaufe aus ihrem Haar löste und mit ihren Locken über meinen Körper strich. In diesen Momenten wünschte ich mir noch mehr meine Hände zurück. Ich hätte alles gegeben, um nur einen einzigen Strich meiner Begierde auf sie zu malen. Jedes Mal verabschiedete sie sich mit einem Kuss auf meine vom Durst spröden Lippen.

So trottest du durch den Schnee, den Hut tief in die Stirn gedrückt, damit dich keiner der Vorübergehenden in deinen Gedanken stört. Du wendest deine Schritte den Gipfel hinauf, das Keuchen deiner rhythmisch pumpenden Lunge berauscht dich, brennt dir Lithographien auf deine Netzhaut – ein Phänomen, welches weniger mit deiner Phantasie, denn mit der Belastung der Stäbchen und Zapfen deines Augeninneren zu tun hat.

Nahe dem Gipfel entdeckst du die Stelle, die du schon beim ersten Mal gemocht hast: den krummen Baum - ein Erfrorener, der dem Tal zuwinkt. Daneben hat ein Fuchs seine Losung gelassen. Du erinnerst dich an den winzigen Rüdiger, den sie in der Grundschule zwangen, sich selbst mit einer Brennschere Locken zu ondulieren. Du erinnerst dich häufig an Dinge aus Kindertagen, an Johanna, die für einen Schokoriegel Küsse verteilte, bis sie so dick war, dass sie keiner mehr küssen wollte. Auch daran, wie du dieses Damals für die Zukunft hieltest, wie du daran dachtest, in deinem kleinen Körper für ewig im Hause deiner Eltern die Anordnung der Spielsachen zu überwachen. Du erinnerst dich an den Moment, als dir Haare auf Brust und an der Scham wuchsen, Vorboten einer neuen Ära, die den Abschied dessen bedeuteten, was Zukunft schien.

Ich begann, zu lesen, eine Gewohnheit, die ich nach dem Entdecken meiner Liebe zu Marmor und Granit abgelegt hatte. Eine Konstruktion des hiesigen Wagenmachers, in der ich Bücher festklemmen und mittels eines Stabes umblättern konnte, erlaubte mir das Versinken in die Bücher meiner Kindheit. Ich kehrte zurück in die Welt der Erdumsegler, der Mythen, des Trojanischen Krieges und der Heldentaten römischer Heeresführer. Bald war mein Atelier zu einer stattlichen Bibliothek gewachsen. Meine Frau kämpfte um jeden Meter, den die Bücher an Platz einforderten. Und jeden Tag brachten mir Freunde neue Exemplare. Meine Frau meinte, die Bücher nähmen mir eines Tages die Luft zum Atmen und erdrückten mich, die gestapelten Werke von Ovid, Scott und Grimmelshausen stünden wie eine feindliche Armee Spalier in meinem ehemals weitläufigen Atelier und würden sich eines Tages auf mich stürzen. Ich fand, es gab schlimmere Feinde, von denen man umzingelt sein konnte.

Johanna verwandelt sich nicht mehr nur gedanklich in den

Fuchs, der wenige Meter vor dir mit jedem Schritt im Schnee versinkt. Er sieht dich an, als wären ihm deine Beobachtungen peinlich. Er kippt den Kopf zur Seite wie ein zahmer Hund. Als du auf ihn zuzugehen versuchst, rennt er davon, wie es ihm der Schnee erlaubt.

Du nimmst den Weg zum Gipfel wieder auf, hast schon vergessen, aus welcher Richtung du kamst. In welche Richtung du auch siehst, du entdeckst nichts als weißes Papier mit Wasserzeichen aus Fußtritten. Könntest du doch deinen Bleistift herausholen und in den Schnee schreiben! Lauter kleine Elogen auf den Trotz des Bildhauers! Lauter kleine Ausreden für deine Unfähigkeit, den Roman zu beenden! Nur einen einzigen Satz würdest du in das Weiß ritzen, einen Aphorismus voll bitterem, schmetterndem Witz und nie wieder müsstest du etwas schreiben, weil mit diesem einzigen Satz alles gesagt wäre.

Weil dir aber keiner einfällt, denkst du wieder an den Bildhauer, dessen Frau mehr und mehr die Züge Johannas annehmen, die in den Pausen immer ihr Haar zu kämmen pflegte, das bei jedem Bürstenstrich wie eine Lawine zurück auf ihre Schultern stürzte, wie die, die dich in diesem Moment unter sich begräbt.

Du wachst auf und bist von reinem Weiß umgeben, welches so nah an deinen Augen schwarz erscheint. Du weißt nicht, ob du noch atmen kannst, ob schon Minuten oder nur Sekunden vergangen sind. Du hast nie viel über Lawinenunglücke gelesen, du weißt nicht, was zu tun ist, erinnerst dich nur an einen Film, in dem ein Verschütteter durch seinen Skistock gefunden wurde, den er aus der Schneedecke heraus ans Licht gestoßen hatte.

Du erinnerst dich auch, wie in den Nachrichten über solche Unglücke gesprochen wurde. Immer wieder hörst du das Echo der Nachricht: „Nur wenige Lebende konnten geborgen werden" und auch dieses Mal fällt dir ein, dass ohnehin nur Tote geborgen werden können. Du besitzt aber nicht einmal einen Skistock und dir wird klar, dass man in den Nachrichten von „bergen" sprechen wird.

Du bleibst liegen, zufrieden damit, keinen Schluss mehr für deinen Roman suchen zu müssen. Doch je mehr die Kälte deine Jacke durchdringt, desto stärker wird dein Lebenswille, auch wenn dir nicht klar ist, ob es ein evolutionär bedingter Reflex ist, oder ob es dir einfach zuwider ist, ein Fragment zu hinterlassen. Doch jede Bewegung, die du machst, schüttet deinen Körper nur weiter zu. Du findest dich langsam damit ab, den ganz großen Durchbruch nicht geschafft und Johanna nie gesagt zu haben, dass da mehr zwischen euch war als nur ein Austausch von Schokoriegeln. Du fragst dich, wie viel Zeit vergeht, fragst dich, ob dies der Moment ist, in dem die Regeln Pindars endlich greifen, ob die Zeit, die du unter der Schneedecke verbringst für dich Kairos und für den Rest der Welt Chronos ist. Und tatsächlich: Deine Zeit siehst du enden unter dem schwarzen Weiß, doch im Lauf des Gesamten wirst du mit jedem Schüttelfrost ein bisschen blasser, bis du ganz verschwindest.
Doch bevor du das Scharren an der Oberfläche über deinem Kopf als Bürsten durch Johannas Haar identifizierst, siehst du in dem Lichtschein, der dich wie ein Dolch im rechten Auge trifft, die winzige Tatze eines Fuchses. In deinem von literarischen Regeln festgewachsenen Kopf bildest du dir ein, es handele sich um den Fuchs, den du auf halber Höhe des Berges getroffen hast. Mit schaufelnden Bewegungen und mit dem Fegen seiner Schnauze gelangt er an dein Gesicht, leckt es ab mit seiner heißen Zunge. Er nimmt das Graben wieder auf, und als er deine Schultern freigelegt hat, gelingt es dir, dich zu erheben. Du ziehst dich aus dem Loch, welches kaum einen halben Meter tief ist. Nur noch ein Punkt in der Ferne ist der Fuchs, der von deinen Bewegungen verscheucht wurde. Dem Abhang folgend stakst du dem Tal entgegen.

Als ein Jahr vergangen war, getraute ich mich erstmals wieder, das Haus zu verlassen. Der Winter hatte die Erinnerung nicht nur in Form von Eisblumen an die Fenster zurückgebracht, auch der Schmerz an den Stellen, an denen er nicht sein konnte, kehrte zurück. Ich atmete tief die Kälte ein und fragte mich, ob all die Dichter die mir das Leben gerettet haben, einst ebenso aus dem Haus traten und den Winter in sich aufsogen. Aber wahrscheinlich drehten sie sich wieder um, gingen zurück an ihre Aufzeichnungen und anstatt selbst die Welt mit Augen und Händen zu ertasten, taten es stellvertretend ihre historischen und erfundenen Figuren. Vielleicht ist alles, was erzählt wird, die Beschreibung einer tatsächlich möglich gewesenen Zukunft, die durch das Aufschreiben zur Gegenwart der Erzählung wird. Ich hatte nichts aufzuschreiben. Ich bat meine Frau Johanna, mir einen Eiszapfen vom Dach abzubrechen und ihn mir in den Mund zu stecken, damit er ihn befeuchtete. Er ritzte mir die Zunge. Ich ging ein paar Schritte den Berg hinter dem Haus hinauf. In der Ferne tänzelte ein Fuchs auf mich zu. Er blieb stehen, neigte den Kopf wie ein zahmer Hund, drehte sich wieder um und verschwand im Weiß. Ich ging zurück ins Haus, mit dem dumpfen Gefühl, der Gegenwart gerade noch entkommen zu sein.

Nachmittag

Ein dunkler Himmel zieht über die Eiben,
der Nachmittag stirbt wie niedergemacht.
Du sagst, du kannst nicht lange bleiben,
dein Mann hat dich mit dem Auto gebracht.

Ich setz mich ans Fenster, nur dir zuliebe,
hier saßen wir beide in irgendeinem Mai.
Doch mach kein Foto von mir, das bliebe,
morgen bin ich schon weg und vorbei.

Ein schwerer Regen kommt über die Zedern,
das Licht verendet im Hagelschlag.
Du meinst, ich lasse von Jahr zu Jahr Federn
und ich sag mehr, als ich eigentlich sag.

Du trägst dein Haar, zum Zopf gebunden,
fest wie ein gemähter Kornblumenstrauch.
Über uns zieht die Schwalbe seit Stunden
Aufpasserrunden wie ein uralter Brauch.

Ein starrer Frost senkt sich auf die Dächer,
du fährst davon, wir hatten kaum Zeit.
Von dir bleibt der Kaffeerand in einem Becher
und ein nachtschwarzer Abend macht sich langsam breit.

Ich saß am Fenster, nur dir zuliebe,
hier saßen wir beide, vielleicht war es Mai.
Du machtest kein Foto von mir, das bliebe,
und wieder bricht eine Wolke entzwei.

Gegenüber II

Ich bin ganz sicher. Gestern hat sie mich entdeckt. Ich glaube, sie hat mir sogar zugewinkt.
Vor einem Monat habe ich diese Wohnung bezogen. Seitdem sehe ich ihr Abend für Abend zu. Wenn sie morgens die Vorhänge aufzieht, stehe ich dafür eine Stunde früher auf, als ich es gewohnt bin. Wenn sie abends nach Hause kommt und ihren Mantel in die Ecke wirft, warte ich schon auf sie. Wenn sie sich zur Nacht auszieht, stehe ich im dunklen Zimmer und überwache das Fallen ihrer Kleidung.
Jetzt fängt es an, dich zu interessieren, habe ich recht? Du denkst: Lustmolch! Perverser! Schwein! – und dabei willst du genau wissen, was ich da sehe.
Das Wochenende hat begonnen. Ihr Freund, Verlobter (oder was auch immer) ist gestern gekommen. Er liegt den ganzen Tag nur auf dem ausziehbaren Sofa in ihrem einzigen Zimmer. Immerhin liest er, das spricht für ihn.
Es ist früher Morgen, aber er muss sich schon angezogen haben, bevor sie die Vorhänge öffneten. Vielleicht hat er Brötchen geholt. Er sitzt auf dem zerknitterten Laken, ein schwarzer Fleck auf blütenweißem Leinen. Sie tritt zu ihm, in einem ebenfalls weißen Bademantel, der ihr nicht einmal bis zu den Knien reicht.
Bin ich jemand, der so viel Zeit hat, um den ganzen Tag damit zu verbringen, in der untersten Ecke seines Fensters zu kauern – möglichst so, dass nichts von Kopf und Körper zu sehen ist? Ziehe ich mir bei Einbruch der Dunkelheit ein schwarzes Hemd an, damit ich mich völlig unsichtbar fühle?
Nein. Ich sitze an einem Schreibtisch oder liege im Bett und denke mir diese Geschichte aus. Ich schreibe etwas auf, das nur in meinem Kopf existiert und nur den einen Zweck hat: dich zu verwirren, zu erregen. Ich verkaufe dir Phantasie als Erfahrung. Aber stört es dich?

Also weiter: Sie hat schöne Beine, nicht zu mager, aber womöglich nur so fest angespannt, weil sie von der eben genommenen Dusche friert. Er lässt sich auf den Rücken fallen. Ich kann nur noch seinen Unterleib sehen, der Rest ist unter der Linie des Fenstersimses verschwunden. Sie tanzt für ihn, sie wiegt ihren Körper verführerisch hin und her für ihn. Was die Menschen so machen, wenn sie sich allein glauben (ich singe laut vor mich hin und wenn ich schreibe, setze ich mir einen schwarzen Hut auf - aber das ist jetzt nicht wichtig). Sie setzt sich auf ihn. Verflucht, sie hat diesen Mantel wirklich eng zugebunden, allein ihre Oberschenkel legen sich frei. Sie lächelt. Ich muss die Augen zusammenkneifen, um es in ihrem Gesicht zu erkennen, morgen kaufe ich ein Fernglas.
Wie sollen wir das nennen, was wir da haben? Nein, nicht sie und ich. Du und ich. Du liest etwas über mich, der seine Nachbarin beobachtet (oder sich diesen Umstand nur ausdenkt – wie es dir besser gefällt) und ich stelle mir dich vor, wie du sitzt, diese Seiten aufgeschlagen, begierig zu erfahren, was sie nun, erhaben auf seiner Hüfte platziert, tun wird. Fast ist es ein „Beobachten des Beobachters des Beobachters" – ein Titel, den ich gerne hierfür verwendet hätte, doch ein anderer hat ihn mir vor der Nase weggeschnappt. Meine zweite Idee für einen Titel war „Liebe in den Zeiten der Paranoia", auch da Urheberrechtsschwierigkeiten.
Also kein Titel, aber immerhin in guter Gesellschaft. Der Gesellschaft von Schreibenden, die sich Dinge ausdachten und aufschrieben, damit du sie lesen kannst. Du? Eigentlich nicht wirklich du. Ich habe das hier ja auch nicht für dich geschrieben. Ich spreche dich zwar an, doch weiß ich nicht, wer du bist, vielleicht wäre ein „Ihr" als Anrede glücklicher, die ihr alle diese Zeilen in die Finger bekommt. Aber man macht es so, bei solchen Texten, es gehört sich so, als ob nur der eine gemeint ist, der Leser. Oder in Zeiten von Political Correctness: der Leser oder die Leserin – das Leser?

Wichtig ist doch nur: Sie zieht sich aus. Ja, du hast richtig gelesen. Sie zieht an dem Band, das sie einschnürt und der Bademantel sinkt von ihren Schultern. Ihr langes braunes Haar legt sich über ihre Brüste, sehr exakt, es ist noch nass.
Gestern blieb mir der Blick auf ihre perfekten Rundungen versperrt. Nachdem sie mir zugewinkt hatte, zog sie die Vorhänge zu. Die ganze Nacht lief ich in meiner Wohnung auf und ab, bis sie mich um neun Uhr früh erlöste.
Doch nun präsentiert sie sich ihm und mir in ihrer ganzen Schönheit. In diesem Augenblick gibt es keine andere Frau in meiner Welt – ja ja, die Grenzen meines Blickes und die Grenzen meiner Welt, auch ich kenne meine Wittgensteiner. Glaubst du, ich bin so ein dahergelaufener Spanner, den seinen in der Hand, mit heraushängender Zunge – obwohl, wenn du mich dir so vorstellst?! Man überschätzt die Macht des Schreibenden. Der Lesende ist es, der ... sie hat mich gesehen, sie sieht immer noch zu mir herüber. Und jetzt hebt er seinen Kopf über den Sims und droht mir mit erhobener Faust. Er erhebt sich, rückt Hose und Hemd zurecht und geht aus dem Zimmer. In dem Treppenhaus geht das Licht an. Was machen wir denn jetzt? Hätte ich doch besser aufgepasst. Er überquert die Straße. Es klingelt. Vermutlich hat er sich ausrechnen können, zu welcher Klingel das Fenster gehört. Ich kann doch nicht aufmachen. Sie hebt den Hörer ihres Telefons. Wen sie wohl anruft? Die Polizei vielleicht. Die glauben mir doch nie, dass ich nicht herübergesehen habe. Die halten mich doch glatt für einen Kriminellen. Die nehmen mir doch nie ab, dass ich mir nur ausdachte, herüberzusehen. Wie sollten sie auch?
Es klingelt wieder, viel lauter, aber das ist unmöglich, oder nicht?

Die schönste Jahreszeit

Dieser Weihnachtsweltschmerz beim Anblick entgegenkommender Einkäufer: Wie furchtbar diese Welt ist, wenn man sich den Mann mit dem pflaumengroßen Tumor auf der Stirn ansieht oder dieses junge Paar, dem die Trennung schon aufs Lebkuchenherz geschrieben steht.

„War Feuchtwanger nicht auch Jude?“, fragt die Dame mit dem Taschenbuch in der Hand.

„Bestimmt! Bestimmt!“, nickt die Buchhändlerin mit der professionellen Jasagergeste.

Fängt das wieder an, frage ich mich. Und gehört Werner Schwab schon zur fremdsprachigen Literatur? Die Ergebnisse der PISA-Studie sind ja bekannt, wenn viele der Verantwortlichen auch nicht wissen, wo Pisa außerhalb der Studie liegt.

Ein Blick durch die Regale, ein Geschenk auswählend: „Ohne einander“, „Die Erfindung der Einsamkeit“ – was schenkt man Verheirateten? „Wer liebt, dem wachsen Flügel“ – wer's glaubt! Das Fliegen habe ich vor langer Zeit aufgegeben, es ist so voll am Firmament und die Tauben sind unangenehme Flugbegleiter. Ich versuche es in letzter Zeit mit aufrechtem Gehen, obzwar es mir noch ein wenig Mühe bereitet.

Zwei schon am Nachmittag betrunkene Jugendliche in schwarzen T-Shirts und blinkenden Nikolausmützen auf dem Kopf grölen Betroffenheitsmist aus den Neunzigern. Auch das Rauchen beherrschen sie noch nicht so ganz. Nur Belmondo konnte Gauloises so rauchen, dass es cool aussah. Wir sind nur noch erfolglose Kremlflieger, großkotzig und größenwahnsinnig und fast immer älter als James Dean.

Gestern begann mein ganz persönlicher Weihnachtsstress: Jedes Jahr zur selben Zeit ruft mich diese freundliche Frau von Vodafone an, die mir das neueste Angebot unterbreiten möchte, da ich als einer ihrer besten Kunden und Viel-Telefonierer doch Anspruch auf alle Vergünstigungen habe, die eigentlich, aber

nur eigentlich, das Ganze für mich nur noch teurer machen würden. Ich höre jedes Mal aufmerksam zu, füge ein Grunzen an strategisch kluger Stelle in das Gespräch ein und sage dann, sie solle es doch am nächsten Tag noch einmal probieren, ich wäre gerade beschäftigt – was zumeist auch richtig ist.
So spreche ich mit dieser netten Dame bis zum 24. Dezember zwölf Mal wöchentlich. Ohne Ergebnis.
Die Wochen vor und nach dem Fest machen aus scheinbar normalen Menschen religiöse Wesen, es soll sogar vorkommen, dass Neugeborene in dieser Zeit häufig mit den Namen Paulus, Hesekiel oder gar Jesus bestraft werden. Die Anzahl der Geburtstagsgeschenke minimiert sich allerdings je näher das Wiegendem Christfest ist.
So, nun noch ein kleines Geschenk für die Freundin kaufen, etwas Kuscheliges aus Walkfrottier oder einfach zu IKEA.
Ich suche mir alle Möbelstücke aus, deren Namen mir zusagen, gleich, ob es sich um einen Schrank, ein Kinderbett oder eine Schreibtischablage handelt. Ich bedanke mich beim Zahlen, gebe der Kassiererin noch Trinkgeld. Man könnte meinen, dass zwanghaftes Sich-erkenntlich-Zeigen eine Mode altgedienter Kavaliere ist, doch dann gehöre ich wohl auch dazu.
Was noch? Unbegrenzte Möglichkeiten. „Oh ja, wir können herstellen, was wir wollen, und Sie wollen, was wir herstellen können, das ist Marktwirtschaft!"
Zu Hause:
„Hallo Mutter!"
„Was hast du bekommen?"
„Etwas ganz Tolles, das Tollste seit der Erfindung von geschnitten Brot!"
„Was denn?"
„Ein Menetekel."

Retro

Unlängst fragte mich ein Sechzehnjähriger, wer eigentlich die Beatles sind und ob das Substantiv Gandhi einen Zwischenzustand zwischen Glück und Pech beschreibt.
Kurz darauf zeigte er mir sein Smartphone, besser gesagt: den Aufbewahrungskasten für seine Apps. „Geil nicht, ich hab 'ne App, mit der kann ich 3,5 Millionen Apps runterladen. Und die App hier sagt mir, welcher Song gerade läuft und wo ich den illegal downloaden kann.“ Ich fragte ihn, ob man mit dem Smartphone auch telefonieren könne, er sagte: „Nee, das kostet dann extra.“
Ich hätte gern zwei Apps, eine die anzeigt, wer den hohlsten Kopf im Raum hat und eine, mit der ich alle anderen Apps löschen kann.
Ja, ich weiß, ich lebe in der Vergangenheit. Ich weigere mich einen popeligen Designer wie Steve Jobs auf eine Stufe mit Johannes Gutenberg, Philipp Reis oder gar dem Erfinder des Papiers Ts'ai Lun, zu stellen, wie es die Presse nach seinem Tod getan hat. Aber Entschuldigung, für mich ignorantes Arschloch ist ein iPhone auch nur ein Handy, ein Tablet PC ein Computer mit Fettfingerbelag und ein iPod nichts anderes als ein Walkman, außer dass das gefühlvoll zusammengestellte Mixtape, auf dem ein halber Sandsturm lief und das nicht die Länge von 88min33 überschreiten durfte, eliminiert wurde und man als Liebeserklärung an die Verehrteste nun einen USB-Stick mit den dreitausend absolut besten Liebesliedern verschenkt.
Einen der bedeutendsten Sätze unserer Zeit sprach der ehemalige Parlamentarische Geschäftsführer der Piratenpartei Martin Delius, Jahrgang 1984, im Heute-Journal: „Wir möchten die Welt erhalten, aus der wir stammen. Das Internet.“ Komisch, ich bin wenig älter als er, aber ich wurde noch analog gezeugt.
Aber da scheint sich in wenigen Jahren einiges getan zu haben, ich kam noch aus einem Bauch, mit viel Geschrei, anschließend

Kaffee und Mutterkuchen, habe sogar Migrationshintergrund, meine Mutter kam nämlich aus der DDR, die es damals noch gab. Martin Delius ist anscheinend auf einem Server in Azeroth geboren, sein Vater ein Gnom, seine Mutter eine Blutelfe.
Ich mag es, mir die analoge Zeit zu vergegenwärtigen. Ich mag es, mich an den Moment zu erinnern, als Lena mir in der 12. Klasse einen Ring überstreifte, in den eingraviert war: „Meiner Liebe Pfand." Ich habe es versucht, aber bei Aldi noch nicht mal die damals üblichen fünfzig Pfennig bekommen.
Ich möchte mich daran erinnern, wie wir Kinder die Väter bewunderten, deren Köpfe aus den Weizenfeldern ragten, in denen wir versanken, erst im Mais waren auch sie verloren. Wir spielten Hahn oder Henne, ritzten offene Wunden in Bäume und Nordic Walking gab es noch nicht. Ich möchte mich daran erinnern, wie wir Kinder nicht auf die Straße zum Spielen durften, weil Aids aufkam. Ach nee, das war Tschernobyl.
Ich möchte erinnern, wie es noch den Hias beim Musikantenstadl gab mit seinen lustigen Liedern:
„Ich hab mein Herz in Heidelberg verloren/
in Stalingrad ein Bein/
welche der Erinnerungen/
wird wohl die stärkere sein?"
Ich möchte mich erinnern an den Kokosmilchgeruch der pubertierenden Mädchen im Sommer, denen wir, die pickligen Jungs mit der Ausstrahlung eines Kastens Knete, nicht das Wasser reichen konnten, weil Wasser so leicht durch die Finger rinnt.
Ich möchte mich erinnern an die Enttäuschung, als wir herausfanden, dass Knallerbsen gar nicht knallen. Auch an die Eiscafés, die immer noch so aussehen wie in den Siebzigern. Plastikmarmor, die deutsche Vorstellung eines italienischen Cafés.
Ich möchte mich erinnern an den Moment, als Armstrong „Ein kleiner Schritt" sagte und Trompete auf dem Mond blies.
„Sag mal, wer war eigentlich Hitler?", fragte mich der Sechzehnjährige.

„Oh, ein gelernter Landschaftsmaler und Hobbystratege."
„Und was ist Impotenz?"
„Na ja, sagen wir ein Penis mit schwerem Stand."
Ich sagte: „Jetzt pass einmal auf! Ihr scheint ja überhaupt nichts mehr zu wissen! Augäpfel kann man nicht schälen, Insekten sind nicht in Sekten, Kinderriegel nicht aus Kind und nicht jeder Schwarze heißt Peter."
Er sagte: „Lolata!"
Ich sagte: „Was?"
Er sagte: "Laughing out loud and throwing away!"
Wir verabschiedeten uns, tauschten noch ein wenig, das heißt, er gab mir seine Magix-Karte von KIRD, dem Menschenaffen (sein Zorn ist so legendär wie seine Zotteln) und ich schenkte ihm meine Sammlung von Babyfotos von Diktatoren.
Ich fuhr nach Hause, hatte einen starken Stehplatz ergattert neben vier Polizisten, einer kurdischen Familie und einer Ziege - mit dem Umwelt-Bus sind es ja nur 14 Stunden von München nach Dortmund. Im Hausflur begegnete mir mein Nachbar, der IT-Manager: „Darf ich Ihnen meine neuen Hunde vorstellen? Proxy und Server."
Zuhause hatte ich die Wahl zwischen mehreren Filmen zum Ab-, besser gesagt zum Anschalten: „Gott vergibt - Django nie", „Blutjung, frühreif und zu Tode gequält" (wenn Sie dieser Film nicht schockiert, sind Sie bereits tot!) oder die aktuelle Lügebesprechung im Parlament.
Ich werde alt. Hoffentlich. Das hat auch seine Vorteile. Seitdem ich wegen meiner Gesundheit mehr Fisch esse, habe ich einen angenehm maritimen Stuhlgang und die Weisheit des Alters, lässt mich den Unterschied erkennen zwischen Urimat und Uri Geller. Es gibt keinen. Beide sind auf eine gewisse Art magisch und wegen ihrer geringen Kosten besonders bei Fast-Food-Ketten wie Burger King oder Pro7 beliebt.
So, jetzt aber Schluss! Ich muss gehen! Den Batcave saugen, Fanpost beantworten und die Leviten habe ich auch erst zur

Hälfte gelesen. Ich verspreche euch, wir gehen mal zusammen einen schmettern. Unter keiner Bedingung! Ich bleibe im Auto, und wenn es mir zu heiß wird, fang ich an zu bellen. Und jetzt schlaft gut – aber nicht nur!

Das Selbst gefunden

Seit Kurzem gehe ich wieder zum Therapeuten, weil ich mit mir selbst spreche. Er versucht, mich zu beruhigen und sagt: „Machen Sie sich keine Sorgen, Herr Sydow, viele Leute reden mit sich selbst."
Ich sage: „Ich weiß, aber keiner ist so langweilig dabei."
„Es ist immer gut, mit sich selbst im Dialog zu stehen."
„Ja sicher, ich bin ein Dialog, aber selten meiner Meinung. Ich habe sogar gezögert, wieder zu Ihnen in Behandlung zu gehen. Früher habe ich gedacht, meine Probleme haben mit meiner Beziehung zu tun, also bin ich mit meiner Frau zum Eheberater gegangen. Das hat auch geholfen, dank ihm haben wir jetzt kein Geld mehr, über das wir streiten können."
„Aber was ist denn eigentlich Ihr Problem, Herr Sydow?"
„Ganz ehrlich? Dass uns die Leidenschaft abhandengekommen ist. Und das fängt nicht nur in der Politik an. Klar, dort ist es am schlimmsten. Seit wir die Villa Hammerschmidt zum teuersten Pfarrhaus der Republik gemacht haben, sitzen die im Parlament gelangweilt wie in einem Gottesdienst und üben sich in Geduld, oder um es genauer zu sagen: im Aufschub. Man denkt ja, ein Parlament ist dafür da, etwas voranzubringen und an Lösungen zu arbeiten.
Doch so ist's, es lehrt der Reim/
Einer tritt auf den andern ein/
Und ich denk insgeheim/
Kann es nicht einmal ein Rück-Tritt sein.
Und an der Spitze immer noch Angela Merkel, in ganz Europa gefürchtet wegen ihres unnachgiebigen und dynamischen Zögerns, gefolgt von Philipp Rösler als Vizekanzler. Königin Mutter und Prinz Ipienlos. Obwohl, Merkel ist ja recht flexibel, ab und zu geht sie mal einen Schritt in ihre Richtung. Und bei Zypern hatte sie einen erhellenden Gedanken, wie man die aus der Krise bekommt: Alle, die über 100.000 Euro auf dem Konto

haben, müssen was abgeben. Auf die Frage, ob man das nicht auch in Deutschland machen könnte, meinte sie: ‚Deutschland ist nicht Zypern.' Erhellender Gedanke. Das nützt aber nicht viel, wenn einem ein Licht aufgeht und es ist nur das Schlusslicht. Ich weiß nicht, ob Sie es wussten, aber Zypern gilt als der Geburtstort der Aphrodite, der griechischen Göttin der Liebe, der Schönheit und der Leidenschaft.
Und uns geht die schon im Kleinen verloren. Ich zum Beispiel habe früher Liebesbriefe geschrieben. An Julia. Wunderschöne Frau! Wir haben uns über ihre Kontaktanzeige kennengelernt: Frau ohne Beine sucht Mitläufer. Ich habe Liebesbriefe an sie geschrieben mit Stiften, in ganzen Sätzen und auf Deutsch. Drei Dinge, die heutige Jugendliche gar nicht mehr kennen.
Und wenn man dann mal mit einer Frau zusammen war, war man auch leidenschaftlich treu, vielleicht auch nur aus Angst, weil der Geschichtslehrer uns erzählt hatte, dass Ehebrechern im Alten Griechenland ein Rettich in den Anus geschoben wurde.
Das war lange vor Pisa, also bevor Pisa der Name unseres schulischen Versagens wurde. Seitdem züchten wir nur noch Fachidioten, die in Parteizentralen, in Internet-Start-up-Unternehmen und Werbeagenturen in so genannte Think Tanks gehen, um sich dort Dinge auszudenken, um einen Bedarf zu decken, der auch in Zukunft nicht vorhanden sein wird. Ich bleibe da pragmatisch, ich denke weiterhin mit meinem Kopf, anstatt mit einem Zimmer.
Als Kinder waren wir uns sicher, die Bäume machen den Wind. Wir wussten, die Welt ist keine Google, sie ist eine Bleibe, für dich und dich und mich. Heute sind die Bäume nur noch dürre Skelette und alle schönen Erinnerungen, die ich übrig habe, sind nur Bilder aus Filmen. Aber als Kind, da waren wir noch nicht aus den Träumen anderer, sondern aus den eigenen gemacht. Heute rede ich mit mir selbst, frage in die Runde um Rat, meine Freunde, meine realen als auch meine imaginären und jeder hat

was zu sagen: ‚Der Fuchs hat gesagt, man sieht nur mit dem Herzen gut‘, ruft der kleine Prinz und ich sage: ‚Bullshit! Das Herz ist blind und eingekerkert in einem Brustkorb.‘
‚Jeder Mensch ist ein Künstler‘, sagt Beuys und ich sage: ‚Joseph, das war als Gedanke ’ne schöne Idee, aber auf Youtube kannst du sehen, was daraus geworden ist. Beim Barte des Proleten!‘
Man könnte aus Verzweiflung glatt religiös werden, aber wenn ich mich mal ernsthaft hinsetze und darauf warte, dass auf meine Gebete jemand antwortet, irgendwer, Gott, Allah, Jehova, Ganesha ... völlig wurscht, dann spüre ich ganz tief in mir drin, sozusagen aus dem Epizentrum des Betens, dass auch denen die Leidenschaft abhandengekommen ist. Die Götter lassen uns noch laufen auf SKY (wie soll ein Fernsehsender im Himmel auch heißen?), Livestream aus dem Erdgeschoss. Und Jehova fragt Allah: ‚Mensch, Ali! Warum hast du denn das Abo nicht abbestellt? Läuft doch eh nur Scheiße bei RTL Mensch. Ich warte auf den Tag, wenn auf der Erde Bobby Ewing auftaucht und sagt, das ganze 20. Jahrhundert war nur ein Traum.‘
Beten bringt nichts!
Aber vielleicht das Liebesbriefe-Schreiben?! Ja Doktor, ich schreibe dem Publikum einen Text, einen Liebesbrief, in meinem Fall also einen Denk-Zettel, dessen Ränder so scharf sind, dass sie jeden vorgefertigten Schicksalfaden durchtrennen, jeden Leidfaden und jeden Fadenschein.
Vielen Dank Doktor, jetzt sehe ich mich nicht mehr als Patient, ich sehe mich eher als Wittgenstein’sche Leiter, die man nach oben steigen kann, um sie dann im Kopf umzuschubsen. Ich sehe mich als Frohkost in fleischlosen Zeiten und – bei aller Bescheidenheit – als feuchten Traum eines Gehirns oder wie die Amerikaner sagen würden: ein echter Mindfuck.
Himmelhochjauchzend im Spotte geübt feiere und feuere ich meine Narreteien und Donquichoterien den Leuten entgegen. Denn ich habe noch einiges, das ich den besteuerten Gefühlen da draußen entgegensetzen kann. Meine Bücher schützt ein

guter Einwand, jedes Scheitern enthält noch die Ahnung eines geglückten Moments und meine Synapsen entzünden immer noch und immer wieder ein Elmsfeuer in meinem Kopf. Einer muss es ja machen, Doktor, also gebe ich mich dafür her und rufe der Leserschaft zu:

‚Eure Leidenschaft will ich entzünden/
nur mit Texten, nur mit Worten/
weil ich nichts Bessres dafür fand/
doch bedenkt dies eine immer:
Ich bin nur der Funke/
seid ihr der Flächenbrand!'"

Möglich wär's ja

Es wäre doch möglich,
dass das alles nur ein Gedicht ist
dass es so schnell vergeht wie Ausatmen
oder Blinzeln.
Und du fragst noch,
ob du etwas für mich tun kannst;
ich antworte: Ich habe doch die Worte,
sonst fehlt mir nichts.

Es wäre doch möglich,
dass das alles nur ein Bild ist
in blassen und kräftigeren Farben,
die beim Anfassen verwischen.
Wieso sollte ich dann noch
einen Pinselstrich an uns verschwenden –
oder dort nachtupfen,
wo wir verschmiert sind?

Es wäre doch möglich,
dass das alles nur ein Glas Wasser ist,
dass es verrinnt beim Umfallen
oder beim Hinunterschlucken.
Da müssen wir vorsichtig sein;
nur einmal nicht hingesehen
und wir finden es nicht wieder.
Wie Milch im Schnee.

Quo vadis?

Wo gehse? Mit über dreißig sollte man sich langsam mal entscheiden. Mit zwanzig wolltest du noch reich werden, stinkreich in Hollywood und mit Sharon Stone oder Nicole Kidman leben. Aber die Stone ist jetzt Mitte fünfzig und die Kidman sieht aus, wie ihre eigene Action-Figur. Die kann nur noch mit Armen und Beinen wackeln, das Gesicht ist festgefroren, man möchte ihr zurufen: „Nicole, Lippen sollte man nie gebraucht kaufen!"

Aber was willst du noch werden? Die guten Jobs sind alle schon weg: Kunstmäzen, Fußballlegende, Lottofee.

Also alles eine Nummer kleiner, hast du dir gesagt. Schauspieler in Deutschland werden. Das hast du gemacht, aber deutsche Schauspieler kommen in die Garderobe und sagen: „Ah, ein Poster von meinem Lieblingsstar. Ah nee, ist nur ein Spiegel."

Die meinen das aber nicht ironisch. Die sind alle eingesperrt, im ausbruchsichersten Gefängnis der Welt: dem Ego.

Hättest ja mitmachen können, dir ein schickes Fell zulegen, kunstloses Brot statt brotloser Kunst. Und die unbeschäftigten Schauspieler sind noch schlimmer! Hocken in der Berliner Kastanienallee, arbeitslos, aber dauernd beschäftigt – alleen in Alleen muss ick weenen. Das hast du nicht ausgehalten.

Und jetzt? Wo gehse?

Drei Dinge muss der Mann tun, hat Vater gesagt: ein Kind zeugen, ein Haus bauen und einen Baum pflanzen. Dann ist das Leben aus einem Zuckerguss.

Pfarrer hättest du werden können, aber für Religion fehlte dir immer der Glaube. Katholisch? Warst du mal, kam nicht in Frage. Beim letzten Katholikentag sind alle gekommen, außer den Dreien, die eingeladen waren: Vater, Sohn und Heiliger Geist. Bei den Salafisten hast du angefragt und Pierre Vogel, der Kölner Konvertit und Star-Prediger hat gesagt: „Wir sind eine friedliche Gruppe. Wir müssen nur in einem islamischen

Gottesstaat Ungläubige töten. In Deutschland würden wir das nicht tun, darauf gebe ich Ihnen meinen Ehrenmord!“ Und dann hat er noch gesagt: „Aber wenn aus Deutschland erst mal ein Gottesstaat geworden ist, dann sieht das natürlich ganz anders aus.“

Nee, nix mit Salafiyya. Dann also Protestant bleiben. Dem wohnt wenigstens das Wort Protest inne.

Drei Dinge muss der Mann tun, hat Vater gesagt: ein Kind zeugen, ein Haus bauen und einen Baum pflanzen. Dann ist das Leben aus einem Schokoguss.

Politiker hättest du werden können. Ein bedeutender Streitgenosse. Du hättest den Monstern, die uns seit Jahrzehnten nach allen Regeln der Lügekunst mit Phrasen volllabern die Stammelbeine langziehen können. Sie stehen auf dem abgegrasten Schlachtfeld unserer Finanzen, wedeln mit ihrem Eurorettungs-Schäferstab und wir, die Schafe, wollen nur nicht bei den Määäharbeiten gestört werden, während der Zusammenbruch Europas immer weitere Scheiße zieht.

Nee, nicht Politiker. Höchstens ein verrückter römischer Kaiser, das wäre in Ordnung gewesen. Wie Caligula, der im Jahr 40 in Gallien auftaucht und sein gesamtes Heer erst mal an den Strand runterschickt, zum Muschelsuchen. Das hätte dir gefallen.

Aber jetzt? Quo vadis?

Komiker hättest du werden können. Das hast du auch versucht. Hast dich auf eine Bühne gestellt, aber du warst so lustig, dass den Leuten das Lachen vergangen ist. Die haben den Schalk vor lauter Reimen nicht gesehen und dir war klar: Keiner kommt hier lachend raus!

Dann hast du gesagt, in Ordnung, mach ich mal schlechte Witze. „Machen Sie mal einen Satz mit Vorderasien und Hinterasien!“

„Vor der Asienreise hab ich noch gedacht: Was kommt hinter Asien? Ha ha ha.“

Einen Tag später warst du Gagschreiber bei Stefan Raab. Nichts mehr mit Regionalprogramm, Prime Time! Das war endlich mal eine sichere Kommerzbank. An jeder Pissrinne sagte ein Produzent zu dir: „Wir sollten mal was zusammen machen!“ Frauen, bei denen du viel zu lang zu kurz gekommen bist, kamen plötzlich zu dir, mit dem ganzen Kamasutram im Gesicht und sagten: „Ich hab dich im Fernsehen gesehen, wir sollten mal was zusammen machen.“ Und dann kamen Banker, die haben gesagt: „Wir sollten mal was zusammen machen“, und haben Wertpapiere wie Altpapier bei dir gestapelt und Immobilienmakler, die haben dir Schuftschlösser von Ex-Diktatoren in der Karibik verkauft. Und dann hat dir Amex diese schwarze Kreditkarte zugeschickt und irgendwann hast du festgestellt, dich erregen gar keine Frauen mehr, sondern nur noch das Geld und du weißt gar nicht mehr, wer das Mädchen mit den Dreadlocks ist, die neben dir liegt und es klopft an deiner Oberstübchentür und da hält dir einer einen Ausweis hin und sagt: „Grüß Gott, wir sind der Erkennungsdienst aus Alzheim. Wissen Sie eigentlich, wer Sie sind?“
Drei Dinge muss der Mann tun, hat Vater gesagt: ein Kind zeugen, ein Haus bauen und einen Baum pflanzen. Dann ist das Leben aus einem eisernen Guss.
Aber die Tage rennen, als seien sie auf der Flucht und deine Lebenszeit liegt jetzt vor dir wie geschmolzenes Blei. Und wenn du es ins Wasser gießt, ergibt sich da überhaupt keine Form, das ist überhaupt nichts aus einem Guss. Und das Herz, mit dem du spielst, ist gezinkt. Abend für Abend lässt du dein Boot im Redefluss zu Wasser, wenn ein Sichelmond seine Klinge an den Wolken wetzt. Dann legst du dich schlafen und erholst dich, damit du am nächsten Morgen mit neuem Mut verzweifeln kannst.
Was kannst du jetzt noch werden? Mahnender Buh-Rufer in der Wüste? Nein, du wirst jetzt Künstler. Das kommt im Duden und in der Achtung der Leute gleich nach Kesselflicker,

Kokosnussverkäufer und Körbeflechter. Deine Mutter sagt, du hast einen hoffnungslosen Knall, aber du spinnst weiter guten Schmarrn und versuchst auszudrücken, was auf den Schädeln brennt. Und dann entdeckst du, dass Dissonanzen zu Entdeckungen führen und dann sagst du: „Der Künstler muss drei Dinge tun, Vater! Einen Wind zeugen, der die Worte zu den Menschen weht, ein Brockhaus bauen für bestes Wissen und Gewissen und bestenfalls in ein paar Menschen einen Traum pflanzen. Wohlan! Gehen wir mit gutem Bleistift voran und den Dingen weiterhin auf den Mund. Dann könnte die Welt eines Tages aus einem Kuss sein. Und das wär doch mal was!"

Das Feuer

Das Feuer, das ich schüre,
es frisst mich langsam auf
ein Rattenrennen das Leben
die Kunst ein Hoffnungslauf

Die Worte stehen Schlange
in dem Gedicht an dicht.
Dem Zeitgeist Stirn zu bieten
ist meine Sache nicht

Wie früher wird das Blatt ertränkt
in blauem Vitriol.
Die Zeilen schweben tonlos
als Vögel aus Stanniol

Das Dasein als Versprengter
ich nehme es in Kauf.
Das Feuer, das mich schürt,
es frisst mich langsam auf

Copy and Paste[17]

Jetzt also auch Michel Houellebecq! Der wichtigste Vertreter der literarischen Altherrenonanie hat abgeschrieben! Bei Wikipedia! Strg-C/Strg-V, Kapitel voll. Was ist Literatur? Was ist Würde? Würde ist der Mensch im Konjunktiv.
Aber Kinderkram! Helene! Helene (man hätte stutzig werden sollen, als Maxim Biller von einer Entdeckung sprach), die Säulenheilige der Generation des Unwissens, Generalintendantin der Verarsche und neben Jack Sparrow die lieblingsalternative Piratin des Feuilletons.
Apropos Freibeuterazubis! An dieser Stelle grüße ich ganz besonders unherzlich die dazugehörige Partei der Internetgläubigen, die nach 0 und 1 keine Zahl mehr vermuten, die vor ihren Rechnern hocken, ein endloses Soloprogramm (ja, jeder ganz für sich alleine!), Kunst anderer Leute konsumieren und sich darüber aufregen, dass Sony das Video gesperrt hat. Geld bezahlen für Musik, Filme, Bücher? Kunst ist Allgemeingut! Exkremente sind Allgemeingut! Geschlechtsteile sind Allgemeingut! Mein Körper ist Allgemeinblut! Und Che Guevara war niemals kubanischer Bankchef und hat jahrelang nur diese herrlichen Mützen und Buttons gedruckt. Aufhören! Google ist nicht Gott! Das Internet ist nur die Hintertür zur Welt, auch wenn das WWW tut.
Abgeschrieben hat sie! Na ja, aber nicht alles, sagen Sie? Ja, stimmt, ja stimmt, höchstens dreißig, vierzig Absätze. Aber leider die guten. Abgeschrieben! Das arme Schwein wird jetzt geschasst, das ärmere Schwein hatte keinen Bestsellerlistenplatz! Jetzt gibt's Axolotl Copykill als Bühnenstück, davor und danach kleine Snacks und heiße Musik, davor und danach Diskussion. Die Leute lachen über die Plagiatswitze im Stück, die Autorin meint, sie hat die Gags nicht verstanden und zählt das Geld für die Verfilmungsrechte.
Was ist Literatur? Kampuschs Aufzeichnungen aus dem

Kellerloch? Demnächst macht Natascha noch Garagenrock, erstes Album: BASEMENT TAPES.
Immer noch setze ich Texte eher instand, als dass ich sie schreibe. Immer auf der Suche nach der nächsten Findung, manchmal Er-Findung, manchmal Ab-Findung mit der eigenen Unübersetzbarkeit der Gedanken. Wie sage ich es, dass wir alle ein bisschen Bluna sind? Nein, sind wir nicht! Zitat, Zitat! Das Leben imitiert die Kunst, die Kunst das Leben. Aber mein Leben ist einzigartig, individuell wie Jeans und Facebook. Es sollte viel mehr Gesichtsbücher geben, große, schwere Gesichtsbücher. Immer wieder links, rechts ins Gesicht mit der Bibel, Finnegahns Weg oder der Arno-Schmidt-Gesamtausgabe. Immer auf der Suche nach neuen Ideen: 1929 erfand Fritz Lang den Countdown, um „Die Frau im Mond" spannender zu machen, Anna Boleyn hatte an jeder Hand sechs Finger und drei Brüste. Und was habe ich? Nur Sprache! Und jetzt machen wir mal Köpfe mit Nägeln!
Zeugen Jehovas treten immer zu zweit auf: Zeuge und Jehova. Plagiat und Original kommen auch zu zweit. Zeugen Jehovas kann man hereinbitten und sagen: „Herzlich Willkommen, nehmen Sie Platz, wir bringen gerade ein Menschenopfer dar." Bei Plagiaten geht das nicht, die bleiben drin, die bringen sich selbst dar, schmeißen sich auf den Scheiterhaufen der Scham und sagen: „Herr, ich hab gesündigt ... und jetzt gib die Kohle endlich her." Plagiate kommen polternd, während das Original hinterher schleicht. Das Plagiat unterscheidet sich vom Original dadurch, dass es echter aussieht – Zitat, Ernst Bloch, verdammt!
Als dieser Text entstanden ist, war Karl Theodor zu Guttenberg noch Doktor. Da hat dieser Text noch nicht einmal die Existenz Guttenbergs in Erwägung gezogen. Jetzt sagen die Schüler schon „Guttenbergen" statt „Abschreiben". Das wäre ja weiterhin nicht so schlimm, ein Treppenwitz der Plagiatsgeschichte. Zu Recht wurde dieser Mann abgestraft, hinausgeworfen und aller Titel enthoben. Die Presse verglich ihn fälschlicherweise

mit dem Lügenbaron Münchhausen, aber der hat sich seine Geschichten selbst ausgedacht. Doch anschließend verkauft Guttenberg 80.000 Exemplare seines Opferlammbuches „Vorerst gescheitert". Er zieht sich mit dem neu verdienten Geld in die USA zurück, tauscht Brille gegen Rehaugen und wird zum Berater in Urheberrechtsfragen im Internet. Haben ihn die Leute einfach nicht erkannt? Oder taugt er gar als Maskottchen für die Anti-ACTA-Bewegung,[18] die Internetuser, die ihn einst zu Fall brachten? Jetzt sind Sie seiner Meinung und gehen auf die Straße dafür. Urheberrechte? Ein Grundrecht, das sich mit etwas digitalem Grundwasser wegspülen lässt und Guttenberg, der Bock, der zum Gärtner mit riesigem Gartenschlauch gemacht wurde. War dieser Mann nicht mal für Vorratsdatenspeicherung und hat bei der Abstimmung für ein Gesetz gegen Kinderpornographie im Internet die Sitzung geschwänzt?
Natürlich bin auch ich für die Verwendung anderer Ideen, sie sollen überdacht, redigiert und nachgeahmt werden. Ich bin für Samples und Parodie, ich bin für Remakes und Querverweise, aber immer auch als Verbeugung vor dem Urheber. Die Kunst gehört uns allen, aber auch der Künstler braucht was zu beißen. Und manchmal kommen tatsächlich zwei Menschen auf die gleiche Idee oder ist es wahrscheinlich, dass nur ein einziger darauf kam, dass der Wagen mit einem runden Rad besser fährt?
Was mache ich jetzt? Gehe ich in ein anderes Blau – nein, Rolf Dieter Brinkmann ist schon da! Ich werde verschwinden, ich löse mich auf, das ist in Ordnung, wir sind alle nur absteigende Gäste. Ich weiß: Stille Wasser sind tief, aber die mit Kohlensäure schmecken besser. Das letzte Hemd hat keine Taschen, aber ich werde eine Hose tragen! Gegenwart heißt, wenn es hochkommt, neunzig Jahre, also Tempo! Tempo! Das Weltende ist nicht wie ein Knall, sondern wie ein Gewinsel! – Zitat, T.S. Eliot, verdammt!
Komm schon, wenn man immer wieder hinfällt, dann muss man wenigstens was aufheben – endlich mal was von mir!

Ich muss weiter Originale machen, die dann von anderen kopiert und ins Internet gestellt werden. Damit muss ich leben und ich lebe schlecht davon. Aber die Parole heißt: weitermachen! Also: Gehirn in Frieden und mehret euch, Gedanken!

Glossar[19]

1 Jenny Elvers-Elbertzhagen (*1972) ist eine deutsche Moderatorin und Schauspielerin. Traurige Berühmtheit erlangte sie am 17. September 2012, als sie in der Vorabendsendung „DAS!" des NDR verwirrt und offensichtlich betrunken aufgetreten war. Zwei Tage später begab sie sich in die Betty-Ford-Klinik Bad Brückenau. RTL und vor allem die Sendung „Exclusiv – Das Star-Magazin", moderiert von Frauke Ludowig, berichteten ausführlich, bis hin zu einer Sondersendung am 04.02.2013 mit dem Titel „Jenny Elvers – Die ungeschminkte Wahrheit"

2 Im Dezember 2012 geriet der Schweizer Ständerat nach einer dreimaligen Falschauszählung bei der Abstimmung zum Einfuhrverbot von Reptilienhäuten in die Kritik. Diese als „Stöckligate" bezeichnete Kontroverse beendete im Frühjahr 2013 die 160-jährige Tradition der Handabstimmung. Von nun an muss elektronisch abgestimmt werden.

3 Joseph C. Gayetty (Geburtsdatum unbekannt) war ein US-amerikanischer Erfinder, der als Erster Toilettenpapier industriell gefertigt und vertrieben hat und deshalb als Erfinder des Toilettenpapiers, wie wir es heute kennen, gilt. Gleichwohl sind schon aus dem historischen Alten China Aufzeichnungen über die Benutzung von Toilettenpapier bekannt.

4 Ausgehend von der globalen Banken- und Finanzkrise 2007 wurde die Staatsschuldenkrise europäischer Staaten ab Oktober 2009 das wichtigste Thema der europäischen Politik. Gerade die Bankenrettung, die aus Staatsgeldern finanziert wurde, führte zu einem gewaltigen Anstieg der Staatsverschuldungen. Am stärksten betroffen von der Finanzkrise sind bis heute Staaten wie Griechenland, Portugal, Irland, Spanien und Zypern. Da Deutschland an der Spitze der Maßnahmen zur Rettung Griechenlands stand und steht, fühlen sich viele Griechen besonders von Deutschland bevormundet. Nachdem Griechenland nach und nach aus den Medien verschwand, wurde Zypern zum Symbol der Finanzkrise.

5 Margot Käßmann (*1958) ist eine deutsche evangelisch-lutherische Theologin und Pfarrerin. Im Februar 2010 musste sie vom Bischofsamt und dem EKD-Ratsvorsitz zurücktreten, da sie unter erheblichem Alkoholeinfluss über eine rote Ampel gefahren war. Nach ihrem schnellen Rücktritt flogen ihr die Sympathien zu, so dass sie außerordentlich populär wurde.

6 Die deutsche Occupy-Bewegung, ausgehend von der amerikanischen Occupy-Wall-Street-Bewegung, ist eine Protestbewegung, die vor allem im Oktober 2011 mit Demonstrationen in über 30 Städten auf sich aufmerksam gemacht hat. Gefordert werden von allen Occupy-Bewegungen die Bekämpfungen von sozialen Ungleichheiten, von Spekulationsgeschäften der Banken und eine Limitierung des Einflusses der Wirtschaft auf die Politik.

7 Im Mai 2009 traten der kanadisch-österreichische Automobilzulieferer Magna International und die russische Sberbank als Inverstoren in die Adam Opel AG ein, um sie vor der Insolvenz zu bewahren. Die deutsche Bundesregierung garantierte bei der Übernahme einen Überbrückungskredit aus Staatseinnahmen. Die EU-Kommission prüft derzeit noch die Rechtmäßigkeit dieser Staatshilfe.

8 Seit 2009 streichen oder ersetzen Verlage Wörter aus Kinderbuchklassikern, um sie zeitgemäß, besser gesagt „politisch korrekt“ zu gestalten. So wurde 2009 aus Pippi Langstrumpfs berühmten „Negerkönig“-Vater ein „Südseekönig“. Der Thienemann-Verlag überarbeitete „Die kleine Hexe“ von Ottfried Preußler, weil in ihm die Wörter „Negerlein“, „Neger“ und „Eskimofrauen“ vorkamen. Auch Michael Ende wird nicht verschont. Es entbrannte eine Debatte über Political Correctness in der Literatur.

9 Das Betreuungsgeld (Erziehungsprämie) bezeichnet staatliche Geldleistungen für in der Familie geleistete Arbeit zur Versorgung und Erziehung von Kindern. In den Staaten Finnland, Norwegen und Schweden wurde dies schon seit 1985 probiert. Norwegen hat es im August 2012 wieder abgeschafft. Trotz massiver Proteste von mehreren Seiten trat am 01.08.2013 das Gesetz zum Betreuungsgeld in Deutschland in Kraft.

10 Seit dem 11.01.2011 sollen in Deutschland Kinder mit einer Chipkarte Unterstützung beim Zugang zu Bildung und Kultur bekommen. Dieses Projekt steht bis heute in der Kritik.

11 Bushido (*1978, bürgerlich: Anis Mohamed Youssef Ferchichi) ist ein deutscher Rapper. Er erhielt im November 2011 den Bambi-Integrationspreis. Der Musiker Peter Plate kritisierte bei seiner eigenen Preisübergabe die Verleihung. Der Schlagersänger Heino gab wenige Tage nach der Verleihung seinen eigenen Bambi, den er 1990 erhalten hatte, zurück.

12 Der NSU-Prozess ist ein Gerichtsverfahren, das die sogenannten NSU-Morde behandelt. Hierbei geht es um eine Mordserie von 2000-2011 durch die rechtsextreme terroristische Vereinigung NSU (Nationalsozialistischer Untergrund), bei der vor allem Kleinunternehmer mit Migrationshintergrund ermordet wurden. Im März 2013 kam es zu einer Kontroverse um die Presseplätze für den Prozess. Das zweite Akkreditierungsverfahren erfolgte am 19.04.2013, bei dem die 50 Plätze für Medienvertreter per Losverfahren verteilt wurden.

13 Stuttgart 21 ist ein im Bau befindliches Verkehrs- und Städtebauprojekt rund um den Stuttgarter Hauptbahnhof. Am Protest gegen dieses Projekt beteiligten sich zehntausende Menschen.

14 Peer Steinbrück (*1947) ist ein deutscher SPD-Politiker. Er geriet als Kanzlerkandidat der SPD für die Wahl 2013 in eine Debatte um seine Nebeneinkünfte. Außerdem äußerte er sich im Dezember 2012 dahingehend, dass er das Gehalt des Bundeskanzlers, der Bundesminister und anderer Abgeordneter für zu niedrig halte. Diese Äußerungen führten zu Kritik, auch aus den eigenen Reihen.

15 Satya Yuga (Sanskrit) = Zeitalter der Wahrheit/Tugend. Erstes und vollkommenstes der vier hinduistischen Weltalter. Umgangssprachlich auch „goldenes Zeitalter“ genannt.

16 Am 04.04.2012 veröffentlichte Günter Grass sein israelkritisches Gedicht „Was gesagt werden muss“. Ein gewaltiges Medienecho begleitete dieses Gedicht. Zum Teil wurde Grass darin als Antisemit bezeichnet. Auch Politiker und Wissenschaftler aller Couleur äußerten sich zu diesem kleinen literarischen Text. Es gab Zeitungsartikel, Radio- und Fernsehsendungen. Allerdings meldeten sich erstaunlich wenige Literaten zu Wort. Die Debatte gipfelte am 08.04.2012 im verhängten Einreiseverbot gegen Grass, das der israelische Innenminister Eli Jischai verhängte.

17 2010 erschien im Ullstein-Verlag der Debüt-Roman „Axolotl Roadkill" von Helene Hegemann (*1992). Das Buch wurde als Literatursensation gefeiert und ein Bestseller, auch nachdem der Blogger Deef Pirmasens darauf hinwies, dass sie ganze Textpassagen des Romans aus dem im SuKuLTuR-Verlag veröffentlichten Buch „Strobo" des Bloggers und Schriftsteller Airen (*1981) kopiert hatte. Nach und nach wurde bekannt, dass weitere Passagen aus anderen Quellen wortgleich übernommen wurden. Trotz der folgenden Plagiatsdebatte wurde das Buch für den Preis der Leipziger Buchmesse nominiert.

Auch Michel Houellebecq wurde vorgeworfen, dass er für seinen Roman „Karte und Gebiet" – wenn auch in weitaus geringerem Rahmen als Hegemann – Texte aus Wikipedia kopiert habe.

Ein weiterer berühmter Plagiatsfall betraf den CSU-Politiker Karl-Theodor zu Guttenberg (*1971), dem nachgewiesen werden konnte, dass er mehrere Passagen seiner Dissertation nahezu wörtlich, ohne Kennzeichnung als Zitate, übernommen hatte. Dies führte zur Aberkennung des Doktortitels, Strafanzeigen und seinem Rücktritt aus allen politischen Ämtern am 01.03.2011.

18 ACTA steht für Anti-Counterfeiting Trade Agreement und ist ein geplantes Handelsabkommen auf völkerrechtlicher Ebene, um gegen Produktpiraterie und Urheberrechtsverletzungen zu wirken. Nach großen, internationalen Protesten wurde es vom Europäischen Parlament am 04.07.2012 abgelehnt.

19 Die harten Fakten aus diesem Glossar wurden zusammentragen mit Hilfe von Wikipedia, der freien Enzyklopädie. http://de.wikipedia.org/

Edition Mundwerk

Lesebühnenliteratur, Poetry Slam, Kabarett bei Periplaneta

Mundwerk ist Bühnenliteratur. Kurz, knackig, manchmal sehr lustig, durchaus auch schmerzhaft, mitunter frech und gern nonkonform. In dieser Edition erscheinen überwiegend Hybriden, also Bücher mit CD (oder umgekehrt).
Die CDs sind meistens auch als digitaler Download zu haben und die Bücher erscheinen seit Anfang 2012 auch als E-Book für Kindle, iPad, iPhone und Android... Typisch für die Edition Mundwerk ist unser quadratisch-praktisches Format bzw. unsere Klappenbroschur im DVD-Format.
Die Bühnenliteratur ist anders, aber sie ist weitaus besser als ihr „Ruf" in den vermeintlich renommierten Literaturkreisen. Nichts hat die schreibende Zunft in den letzten Jahren so sehr beeinflusst und nichts kann so souverän zwischen Comedy und Kabarett, Popkultur und Literatur vermitteln.
Und nichts ist mehr ansatzweise so „independent".
Unsere Mundwerk-Autoren sind Live-Literaten, viele sind als Poetry-Slammer unterwegs und/oder treten regelmäßig auf Lesebühnen auf.

Bookinganfragen: pr@periplaneta.com

Manuskripte sind immer gern gesehen: lektorat@periplaneta.com

www.mundwerk.periplaneta.com

Ebenfalls erschienen

CLINT LUKAS:
„Für die Liebe, für die Kunst“

Stories ohne Kompromisse,
Buch & CD, ISBN: 978-3-940767-81-3
Clint Lukas ist Mitglied der Surfpoeten, der ältesten Lesebühne Berlins. Dieses Buch mit CD enthält eine Auswahl seiner besten Geschichten.

LUCAS FASSNACHT:
„Ottonormalverbraucht“

Betroffenheitspoesie in schmerzlosen Dosen
Buch & CD, ISBN: 978-3-940767-85-1,
Lucas Fassnacht ist Poet und Slammer und schreibt vornehmlich Gedichte. Zudem besticht er durch eine einzigartige Vortragsweise. Sein Soloprogramm gibt es nun als Buch mit CD bei Periplaneta.

LEA STREISAND:
„Berlin ist eine Dorfkneipe“

Buch & CD, ISBN: 978-3-940767-78-3
Berlin ist die Kneipe auf dem verlassenen Marktplatz eines Kaffs namens Brandenburg. Manchmal tanzen wir auf den Tischen, manchmal liegen wir darunter, jeder war schon mal mit jedem im Bett und Weihnachten ist Lokalrunde.

www.periplaneta.com

Inhalt